전지적 아빠 육아 시점

전지적 아빠 육아 시점

엄마를 편하게 해 주는 연년생 아이 아빠 육아 대혁명

초 판 1쇄 2024년 12월 04일

지은이 홍윤표
펴낸이 류종렬

펴낸곳 미다스북스
본부장 임종익
편집장 이다경, 김가영
디자인 임인영, 윤가희
책임진행 이예나, 김요섭, 안채원, 김은진, 장민주

등록 2001년 3월 21일 제2001-000040호
주소 서울시 마포구 양화로 133 서교타워 711호
전화 02) 322-7802~3
팩스 02) 6007-1845
블로그 http://blog.naver.com/midasbooks
전자주소 midasbooks@hanmail.net
페이스북 https://www.facebook.com/midasbooks425
인스타그램 https://www.instagram.com/midasbooks

© 홍윤표, 미다스북스 2024, *Printed in Korea*.

ISBN 979-11-6910-944-4 (03810)

값 18,500원

 미다스북스는 다음세대에게 필요한 지혜와 교양을 생각합니다.

엄마를 편하게 해 주는 연년생 아이 아빠 육아 대혁명

전지적 아빠 육아 시점

홍윤표 지음

미다스북스

닫는 글

부록

아빠 육아 꿀팁

추천사

정혜린

現 서울교육대학교 유아특수교육과 교수

2016년 이후 우리나라의 합계출산율은 지속적으로 하락하여 2024년 현재 0.7명을 기록하고 있습니다. 우리나라는 초저출산(저출생) 국가로 분류되며, 출생아 수 감소에 대한 사회적인 우려가 심각한 상황입니다.

맞벌이 가구가 증가함에 따라 일·가정의 양립이 점차 중요해지는 가운데, 정부는 영유아 보육, 아동 돌봄 서비스, 육아휴직 급여 인상, 시차 출퇴근제 확대 등 다양한 일·가정

양립 정책을 시행하고 있습니다. 그러나 하원·하교 이후 가정 내에서의 돌봄 공백은 여전히 큰 육아 부담으로 작용하고 있습니다.

　작가는 이 책을 통해 본인의 육아 경험을 포함하여 한 사회에서 남자가 아빠·남편으로 성장하는 과정을 생동감 있게 다루고 있습니다. 아빠의 시각에서 엄마와 아이의 생활을 엿보며, 아이를 키우는 부모라면 한 번쯤 생각해 봤을 고민들에 대한 나름의 해결책도 제시합니다. 저도 한 아이의 엄마로서 옛 시절을 떠올리게 하는 육아 꿀팁도 공유하는 등 육아 지침서로도 손색이 없습니다.

　작가는 다행히도 육아휴직과 단축근무를 활용하여 육아의 어려움을 슬기롭게 극복하고 있으나, 아직도 많은 부모들이 이러한 제도를 활용하기 어려운 것이 현실입니다. 정부는 늘봄사업 등 여러 공적돌봄 정책을 통해 방과 후 육아에 대한 해결책을 제시하고 있으나, 부모와 아이가 오랜 시간 함께할 수 있는 사회적 공감대 및 환경을 조성하는 것이 무엇보다 중요할 것입니다.

　작가와 같은 교육 사회의 일원으로서, 아이들이 보다 많은 시간 부모와 공감하고 소통할 수 있는 건강한 사회가 되기를 소망합니다. 마지막으로, 현재 진행형인 작가의 육아에도 따뜻한 응원을 보냅니다.

권남경

現 서울새슬초등학교 교장

아프리카 속담에 한 아이를 키우려면 온 마을이 필요하다고 하였습니다. 그 이유를 곰곰이 생각해 보면 아이를 키우기 위해서는 먼저 경험한 누군가의 도움과 상황에 맞는 집단 지성이 필요하여 그런 속담이 생기지 않았을까 짐작하여 봅니다. 먼저 경험한 누군가의 지혜! 우리 모두는 첫 엄마, 첫 아빠가 되고 자신의 경험을 발판으로 누군가의 지혜가 보태져야 비로소 부모라는 타이틀을 가지게 됩니다.

홍 부장님~! 홍윤표 작가님을 처음 만났을 때 명칭은 홍 부장님이었습니다. 유순하고 성실하며 학교 일에 항상 긍정적이고 최선을 다하는 모습이었습니다. 학생들에게는 다정한 선생님! 동료에게는 앞장서서 문제를 해결해 주는 선생님! 그럼에도 어딘지 모르게 짠한 느낌이 오는 이유는 고군분투하는 육아와 진정한 사랑꾼이 되기 위해 애쓰는 썬 파워 아빠! 다정한 남편!

자신이 배워 온 아빠의 모습에서 벗어나 시대를 앞서가는 아빠로 그리고 많은 서툰 아빠들에게 도움을 주는 아빠로 거듭나는 이야기를 읽으며 우리 시대의 남편에 대한 섭섭함이 오지 않는다면 거짓말입니다.

아빠를 준비하는 이 시대의 많은 젊은이들이 이 책을 읽어 미래를 이끌어 가는 아이들을 육아하는 데 많은 도움이 되었으면 하는 바람이 있습니다. 이만큼 살아 보니 행복이란 가족에게서 출발하여 가족에게서 끝나는 것이니까요.

장지수

現 서울새솔초등학교 교사

로베르토 베니니의 〈인생은 아름다워〉라는 영화에서처럼 육아라는 전쟁터에서 살아남기 위해, 그리고 즐겁게 살아가기 위해 육아에 참전하는 마음가짐을 어떻게 가져야 할지 생각해 보게 하는 육아서.

또한 심각한 저출산 시대를 해결할 방법이 제시된 지침서. 홍윤표 작가처럼 아빠들을 육아 전선에 뛰어들게 한다면 대한민국의 저출산을 막을 수 있다고 자신할 수 있습니다.

아빠나 엄마가 되기를 두려워하는 이들이 이 책을 읽고 감히 아빠든 엄마든 Rebirth(재탄생)하는 삶의 기회를 꼭 얻기를 바랍니다.

양원주

작가, 『파이브 포인츠』 저자

홍윤표 작가의 글은 많은 남편들에게는 쓰디쓴 한약과도 같다. 읽는 순간 쓴맛이 확 와닿을 테니까. 하지만 결과적으로는 약이 몸이 퍼져서 건강이 좋아지듯 이 책을 읽고 실천한다면 가정이 행복해질 수 있다.

세상이 많이 바뀌어서 육아하는 아빠도 우리 부모님 세대와 비교했을 때 엄청나게 늘어났지만 아직도 아쉬운 점이 많이 느껴진다. 나보다 더 가족을 생각하는 너른 마음에 대해서 배울 수 있었기에 이 책은 아이가 훌쩍 자란 내게도 많은 깨달음을 준다. 생김새도 성격도 환경도 모두 다르지만 결국 노력하면 할 수 있다는 교훈은 아이를 키우는 일에서도 마찬가지다. 육아에 대힌 미음가짐과 노하우 모두를 배우고 싶어 하는 분들께 꽤 괜찮은 지침서가 되리라 믿는다.

유영숙

前 서울경인초등학교 교장, 출간 작가이며 시인,
브런치 스토리 '에세이 분야' 크리에이터, 오마이뉴스 시민기자,
쌍둥이 손자를 5년째 주말 육아하는 할머니

참 따뜻한 육아 에세이를 읽었다. 34개월 아들과 18개월 딸을 키우는 작가는 아이는 그저 알아서 크는 줄 알았는데 아이를 직접 키워 보면서 '아이는 저절로 크지 않음을 알게 되었다.'고 말한다. 육아는 부모의 부단한 노력과 관심, 사랑이 필요하다. 공부에도 왕도가 없듯이 육아에도 왕도가 없음을 깨닫고 늘 공부하는 마음으로 아빠 육아에 정성을 다했다. 6개월 육아휴직 하는 동안 이유식도 직접 만들어 주고, 아이와 놀아 주며 퇴근 없는 아빠 육아를 하면서도 세상에서 가장 행복한 일이 아이를 키우는 일임을 느꼈다. 이 책은 막 임신한 부부나 출산을 앞둔 예비 부모뿐만 아니라, 나처럼 손주 육아하는 조부모에게도 유익한 책이란 생각이 든다. 다섯 살 아들과 세 살 딸을 직접 육아한 아빠가 생생하게 들려주는 육아 이야기라 책을 읽는 사람들에게 큰 도움이 될 것이다. 요즘 아빠들은 정말 다정다감하다. 글을 읽으며 아내에게도 자녀에게도 최선을 다하는 작가에게 고마운 마음이

드는 것은 나도 아이를 키운 부모이기 때문이리라. 책장을 덮으며 아이 육아가 힘들지만, 세상에서 가장 행복한 일임을 깨달았다.

'초등교사안쌤' 안상현

작가, 『초등 습관 완성의 힘』 저자

책 『전지적 아빠 육아 시점』은 육아를 처음 시작하는 아빠들에게 따뜻한 위로와 설명을 전합니다. 저자는 직접 육아를 하며 겪는 어려움과 기쁨을 솔직하게 드러내 주었으며, 아빠도 아이들과 함께 성장할 수 있음을 보여 줍니다. 매 순간이 낯설고 가끔 힘들기도 하지만, 아이의 미소와 작은 성장이 큰 보람이 있다는 사실을 책 곳곳에서 느낄 수 있도록 하였습니다.

특히, 아빠로서 할 수 있는 매우 귀중한 것들이 있다는 것을 드러냅니다. 아이와 교감하는 법, 엄마와의 팀워크, 그리고 그를 통해 발견하는 가족의 소중함까지 깨달을 수 있습니다. 육아는 단순한 돌봄이 아니라, 부모(아빠)로서 무한한 사랑으로 아이를 이해해 가는 과정을 진심으로 전합니다.

평범한 일상 속에서도 아이들과 함께하는 시간을 가지고 있는 부모들에게 큰 위로와 희망이 될 것입니다. 아빠가 아이들과 함께할 때 감정의 변화를 생생하게 끌어내며, 아이를 넘어 가족과의 즐거움을 찾아갈 수 있는 방향을 떠올리게 합니다. 육아에 막연한 두려움을 느끼는 미래의 아빠들에게 이 책은 좋은 지침서가 될 듯합니다.

이명우

작가, 2013 암사유적 세계유산 등재 기원 문학 공모전 대상, 『달동네 아코디언』 저자

홍윤표 선생님의 육아일기를 읽어 보면 마치 아기가 자라는 모습을 현미경처럼 묘사해 놓았다. 본문에 들어가자마자 아기의 울음소리가 들린다. 그 소리에 놀란 홍윤표 선생님은 아이에게 우유를 준다. 잠투정하는 아이의 행동에 홍윤표 선생님은 잠시 여유를 찾는다. 그것도 잠시 잠깐 우유 달라는 아이의 울음소리. 배냇짓하는 아이의 울음소리. 기저귀 갈아 달라는 아이의 울음소리. 놀아 달라는 아이의 울음소리. 그 울음소리에 아이는 자라고 홍윤표 선생님은 때 묻지 않는 아이의 울음소리에 어른이 되어 간다. 그것이 홍윤표 선생님의 육아일기가 아닌가.

이명희

홍 서방 장모, 지우·서우 미사할머니, 찜닭 잘함

처음에는 여느 부모가 그렇듯 내 딸과 결혼하게 된 사위가 과연 가정을 잘 이룰 수 있을까 우려되기도 했습니다. 하지만 제 딸에게 잘하는 것뿐만 아니라 우리 가족과도 잘 지내려고 노력하는 모습에 어느새 마음이 열렸지요. 더욱이 지우, 서우가 태어나면서는 "이런 사람이 있나?" 싶을 정도로 아이들에게 헌신적이고, 바르게 잘 클 수 있도록 많은 시간과 노력을 쏟고 아내인 내 딸에게도 최선을 다하는 모습을 보고 정말 귀한 사위를 만났구나 싶었어요. 홍 서방이 가끔 처가에 와서 해 주는, 그동안 못 본 새에 있었던 지우, 서우의 이야기를 듣고 있으면 마치 그 순간에 같이 손주들을 지켜봤던 것처럼 생생해요. 이 책을 읽는 분들도 처가에 와서 도란도란 이야기하는 사위와 같이 식탁에 앉아 재미있는 이야기 듣는 기분으로 이야기들을 읽어 주셨으면 좋겠습니다.

여는 글

육아는 Reverse된
삶으로의 Rebirth

    10월의 어느 멋진 날에 결혼했고 결혼 1주년과 맞물려 첫 애와 마주했다. 결혼했으니 언젠가 아빠가 될 거라는 막연한 생각을 하긴 했었지만, 생각보다 이렇게 빨리 아빠가 될 줄은 몰랐다. 어린 시절 우리 아빠의 모습, 간간이 마주한 이미 아빠가 된 친구들의 삶, TV나 영화 등의 매스컴을 통해 비친 부자 관계 등을 돌이켜 본다. 그리고 나는 자신했다. 적어도 그들보다 이상적인 아빠가 될 수 있다고. 그러나 미처 생각지도 못한 아빠의 삶이 있었으니 영유아 시기의 아빠의 모습이었다.

유년 시절 아빠들은 밖에서 정말 열심히 일했다. 우리 아빠도 별 보고 일어나 별 보고 집에 들어온 경우가 허다하셨다. 그 당시 아빠들은 나라 경제 발전의 역군으로서 대한민국을 지탱하는 버팀목의 역할을 묵묵히 해 나가시는 존재였다. 그러다 보니 가정에서 아빠와 함께하는 시간이 많지 않았다. 누구보다 치열했던 하루를 보내고 돌아오신 아빠를 대신해 육아는 오롯이 엄마만의 성역같이 여겨지는 시대였다. 집안일은 당연히 엄마의 몫이었고 기저귀 갈기, 분유 타기 등의 단순한 아기 돌보기 행위는 두말할 것도 없었다. 돌이켜 보니 어릴 때부터 나는 '남자'가 갖춰야 할 태도에 대해 집중적으로 교육을 받으며 살았다. 그래서 육아에 대한 세심함과 수고로움에 대한 생각은 별로 해 본 적이 없었다.

그런 변변한 육아에 대한 고민 없이 아이를 만나 키워 보니 이건 세상 별천지가 따로 없다. 역사 시간에 숱하게 들어온 혁명도 육아 하나에 비견할 것이 못 된다. 오로지 내 생각만 하며 살던 세상이 훨씬 편했다. 말도 못 하고 누워 울기만 하는 존재를 보살펴 나가는 것이 이리도 고단할 줄이야. 낮에 일하고 밤에 잠자는 일상적인 신체 리듬이 송두리째 바뀌니 신체적으로 힘들다. 그리고 오직 눈빛과 울음으로 교감을 시도하는 아가의 마음을 읽어야 하니 정신적으로도 힘들다. 그냥 다 힘들다. 그렇다면 방법은 하나다. 슬기롭고 현명한 아빠가 되어 보기로. 작가 정지우는 그의 저서 『그럼에도 육아』에서 이렇게 말했다.

> 육아의 어려움이 삶을 뒤덮는 검은 천막 같은 것이었다면,
> 오히려 우리에게는 그 검은 천막을 뚫고 가는 한 줄기 빛이,
> 아무리 짓밟아도 꺼질 수 없는 공고한 빛이 있었다는 생각이 든다.

어느덧 5살, 3살이 되어 보육에서 교육으로의 길을 무던히 걸어가는 아들, 딸의 모습에선 지난 몇 년간의 폭풍 같은 육아에 대한 자세한 기억은 남아 있지 않다. 그저 그 시절이 아련한 잔상으로 흩어져 지나갈 뿐이다. 굳이 표현하자면 머릿속에 어렴풋이 육아의 쓴맛, 짠맛, 매운맛이 쓱 스쳐 간

다고나 할까.

다행히도 틈틈이 아가들을 키우며 그때 그 시절에 관해 남겨 둔 기록들이 있어 이제는 말할 수 있다. 내세울 것 하나 없는 나조차도 해낼 수 있던 것이 육아라는 것을. 4년이란 시간 동안 하루도 거르지 않고 연년생 터울 남매를 길러 냈더니 육아 레벨이 많이 상승했다. 그렇게 좌충우돌 육아 삼매경에 빠져 살다 보니 아이들의 생각과 행동을 누구보다 많이 이해하게 되었다. 소설로 치면 전지적 작가 시점이라고나 할까. 이 글이 예비 엄마, 아빠에겐 희망을, 오늘을 열심히 육아하며 살아가는 이들에겐 힐링이 되기를 살포시 바라 본다.

육아는 인생이 송두리째 뒤바뀌는

Reverse된 삶으로의 Rebirth(재탄생)다.

2024년 가을 '지우·서우아빠' 홍윤표

제1장

우리 아들이 내게로 왔다

실은 아빠가 되는 게
두려웠어요

2019년 10월, 근 5년간의 연애를 끝으로 우리는 부부가 되었다. 흔히 말하는 '준비가 다 된' 신랑감이 아니었기에 결혼전 몇 번의 이별과 재회를 반복했다. 결국 와이프는 다른 조건을 모두 포기하고 '나'라는 사람을 믿어 보기로 했고 그렇게 우리는 결혼에 골인했다. 그래서 속으로 다짐했다. 평생아내의 선택을 존중하고 신의를 지키겠노라고. 신혼살림은연애보다 훨씬 안정적이고 재미있었다. 교사 부부이다 보니생활 패턴이 한결같아 늘 저녁이 있는 삶을 마주했다. 그렇게 우리는 2020년 2월, 각자의 학년말 아이들과의 추억을 정리하며 새로운 학기를 맞이하기 위한 재충전의 시간을 가졌다. 그러던 어느 날, 우리에게 어마어마한 선물이 도착했다. 와이프가 임신을 한 것이다.

　신혼 생활 100일 만에 찾아온 축복 같은 소식. 한편으로 아빠가 된다는 걱정과 부담감이 동시에 찾아왔다. 늘 좋은 아빠가 되는 것이 꿈이었지만 어떻게 해야 할지 전혀 몰랐으니 말이다. 무엇보다 코로나 기간이라 혹시라도 아이가 잘못되면 어쩌나 걱정하는 마음이 앞섰다. 산부인과를 다녀온 와이프가 건넨 태아의 사진을 봐도 도무지 내가 아빠가 된다는 것이 실감이 나지 않았다. 아직 남편으로서 소임을 제대로 다 하고 있는지도 모르겠고 변변한 재산이 있거나 사회적 커리어가 월등한 것도 아닌 소시민에 불과한데 말이다. 그러나 임신 소식을 접한 지 1주일 정도가 지나자 서서히 현실 감각이 뚜렷해지기 시작했다. 그리고 단 하나의 결심으로 모든 자질구레한 생각을 정리했다.

그래, 여보가 하자는 대로 무엇이든 하자.
그러면 결국엔 모든 것이 잘될 테니.

그렇게 우린 팔자에도 없던 출산에 대한 준비를 차근차근
히 하기 시작한다. 코엑스에서 열리는 베이비페어도 다녀오
고, 주민센터와 지역사회에서 얻을 수 있는 임신 및 출산 정
보 등을 하나하나 모으기 시작했다. 전에 타던 경차도 처분
해서 좀 더 큰 차로 바꾸고 주변 친구들로부터 육아용품들을
나눔 받았다. 여름휴가 시즌에는 많이들 간다는 해외 태교
여행을 가려 했으나 코로나로 하늘길이 막혀 제주도로 다녀
왔다. 육아 5년 차, 두 아이의 아빠인 지금 시점으로 보았을
때, 다소 유난을 부린 것은 맞다. 하지만 돌이켜 생각해 보면
그때에만 할 수 있는 것들이고, 그때 꼭 해야만 할 것들을 잘
했다는 생각이다.

　그렇게 시간이 흘러 출산 예정일 D-7일, 원격수업이 한창
이던 시설, 우리 반 학생들이 Zoom 수업 미지막에 ♋인 메
시지를 보내 줬다.

　"선생님, 아기 잘 낳으세요."
　"고맙다, 얘들아. 하지만 아기는 선생님이 낳는 게 아니에요. 대

신 잘 키워 볼게."

때마침 그 시기에 우리는 살고 있던 집에서 좀 더 큰 빌라로 이사하게 되었다. 방 3개에 화장실 2개가 있고 아랫집이 정육식당이라 층간소음을 전혀 신경 쓰지 않아도 되는 곳이었다. 이사와 동시에 거실 한쪽을 흔히 말하는 '국민 육아 아이템'으로 꾸며 아들을 맞이할 준비를 했다. 그리고 며칠 뒤, 갑자기 파스타를 먹고 싶다는 와이프와 함께 맛있는 저녁 식사를 하고 이른 잠자리에 들었다.

그리고 그날 새벽. 와이프의 진통이 시작되었다. 예정일보다 4일 빨리.

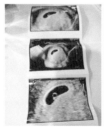

아빠 널 너무 모르고

2020년 10월 27일 아침, 일어나자마자 부리나케 산부인과로 향했다. 예정일보다 이른 시기이긴 하나 와이프가 오늘 아기를 낳을 것 같다고 해서 미리 싸 둔 조리원 물품들을 챙겨서 이동했다. 이동하는 와중에 같은 학년 부장님께 연락해서 오늘 원격수업을 다른 반과 합동으로 진행해야 할 것 같다는 말씀을 드렸다. 오전 11시부터 자연 분만을 진행했는데 2~3시간 뒤, 탯줄이 아기 목을 감고 있어 제왕절개가 불가피하단다. 그렇게 수술이 진행되었고 불안, 초조, 긴장의 시간이 흐르던 찰나 오후 3시 3분, 우리 아들이 세상에 태어났다.

우리 아들, 엄마 아빠한테 와 줘서 고맙구나!

　아들은 손가락, 발가락 5개씩 모두 가진 3.42kg의 건강한 모습으로 신생아실에서 나와 마주했다. 순간 내가 이 경이로운 순간을 감히 만끽해도 되나 싶을 정도로 감개무량한 순간이었다. 5분 남짓 아들과 인사하고 신생아실로 돌려보낸 뒤, 수술을 집도해 주신 의사 선생님께 감사의 인사를 드렸다. 그리고 방금 만난 아들을 촬영한 영상을 본가, 처가댁 식구들께 전송하여 잘 태어났다고 말씀드렸다. 고생은 와이프가 했는데 고생했다는 메시지를 군 제대 이후로 제일 많이 들었던 순간이다. 머쓱함을 느낄 새 없이, 수납원 한 분이 전달 사항을 알려 준다. 자연 분만은 2~3일, 제왕절개는 5일 동안 보호자 동석이 가능하단다. 와이프와 상의하여 1인실에서 5일간 부부가 함께 생활하기로 했다. 하루 종일 아기 낳느라 고생한 와이프가 얼마나 힘들었을까. 별 탈 없이 산모, 아이 모두 건강해서 그저 감사하다는 생각뿐이었다.

　5일간 같이 병실에서 지킨 것은 딱 3가지이다. 식사 시간,

의사 선생님과의 미팅, 코로나 방역 수칙이 바로 그것이다. 이들을 꾸준히 지키고 실천하다 보니 쏜살같이 5일의 시간이 흘렀고 나는 그렇게 홀로 집에서 2주일간 출퇴근을 했다. 그땐 혼자 집에서 밥 먹고 출퇴근하고 잠자는 것이 생각보다 우울하고 쓸쓸하다고 생각했다. 4년이 지난 지금 돌이켜 보니 더욱더 열심히 내 시간을 보내지 않은 것이 다소 아쉽다고나 할까. 그렇게 시간이 지나 11월 13일, 우리 세 식구는 온전히 집에서 함께 시간을 보내게 된다. 선물로 받아 설치한 신생아용 카시트에 아기를 싣고 돌아오는데 기분이 묘했다.

그다음부터는 본격적인 육아가 시작되었다. 생전 타 본 적도 없는 분유 타기, 젖병과 젖꼭지 열탕 소독하기, 기저귀 갈아 주기, 목욕시키기 등 해야 할 것은 너무 많은 데 비해 아는 것이 너무 없었다. 그래서 선물로 받은 『똑세 육아』 책을 전적으로 신뢰하고 믿어 보기로 했다. 그야말로 '똑똑하고 게으르게' 육아하는 방법을 작가의 경험, 관련 지식 등과 잘 버무려 소개한 책이었다. '먹텀, 잠텀' 등의 의미를 되새기면서 차근차근 읽었더니 이해도 쏙쏙 되고 잘 키워 보고 싶은 욕심도 마구마구 샘솟았다. 분유를 몇 시에 먹는지, 회당 수유하는 양은 어느 정도인지, 용변 보는 시간, 잠자는 시간과 깨는 시간은 언제인지 꼼꼼하게 기록했다. 목적은 단지 하나였다. 아들에게 최적의 루틴을 제공하기 위해서. 이때부터 비로소 깨달았다. 나는 그동안 너무나도 자유롭게 나만의 시간을 향유했구나. 그리고 이젠 더 이상 그런 시간이 없겠구나.

아기가 새벽에 일어나면 수시로 기저귀 상황을 체크했다. 분유를 먹은 지 시간이 꽤 되었구나 하면 분유도 타서 먹이고 소화를 시켜 재운다. 그리고 또 언젠지 모르는 시간에 다시 잠자리에 들고 아기가 우는 소리에 화들짝 일어난다. 새벽 3시고, 4시고 아기가 시도 때도 없이 일어나니 처음 느껴보는 불안감과 마주하기 일쑤였다. 이때 고군분투하며 체득한 노하우 덕분일까. 육아 5년 차인 지금은 아가들이 자다 깨도 쳐다보지도 않고 토닥이면서 재우는 경지에 이르렀으니 말이다. 또한 유아용품 가게에 가면 늘 배냇저고리를 예쁘게 전시해서 팔고 있길래, 배냇저고리를 많이 입히게 될 줄 알았다. 그런데 막상 아이를 키워 보니 오히려 그냥 일반 내복이 활용도가 훨씬 높았다. 그리고 손톱을 보호하는 손싸개도 필요하다는 것도, 손목의 피로도가 상당하다는 것도 처음 알았다.

육아는 머리로 하는 게 아니고 몸으로 하는 것이구나.

정말이지 다시 태어난 기분이다. 아기 침대에 정말로 우리 아들이 누워 있고, 초점 책과 모빌 등을 보며 즐거워한다. 늘 고요하기 그지없던 새벽이 아가의 울음소리로 가득 수놓아졌다. 평소 미니멀 라이프를 지향하다 보니 살림은 늘 단출했는데 부엌과 찬장은 분유 포트, 젖병소독기, 신생아용 분유, 기저귀 등으로 맥시멈을 이루었다. 그렇지만 '가족의 탄생'이 무엇인지 깨닫게 해 준 오늘이 있어 감사하다고 생각하게 된다. 그리고 앞으로 아빠로서 어떤 포지션을 취해야 할지 생각해 볼 수 있어 좋다. 새근새근 자는 아들의 모습을 마주하는데 갑자기 이런 생각이 머리에 스친다.

먹고 자는 것은 어느 정도 도와주겠는데….

뭘 어떻게 놀아 줘야 잘 놀아 줄 수 있지? 누워만 있는 애를?

셋이 함께하는
첫 번째 크리스마스

2020년이 저물어 가는 12월, 이제 막 50일이 넘어가는 아들은 부모와의 교감을 위해 부지런히 노력하고 있다. 2024년 오늘 우리 아들은 층간소음이 걱정될 정도로 뛰어다니고, 1부터 100까지 숫자를 세며, 먹고 싶은 것이 무엇인지 정확하게 얘기할 정도로 의사소통이 가능하다. 하지만 육아 2개월 차인 당시를 돌이켜 생각해 보면 모든 것이 막막했다. 누워서 우는 것밖에 할 줄 모르는 핏덩이의 요구 조건을 내 몸의 모든 신경 세포들을 동원해서 충족시켜야 했기에. 머릿속에 질문들이 스무고개 하듯 춤을 추고 아들이 원하는 것을 결국에는 맞혀야 하는 아빠의 숙명. 그 작은 퍼즐들을 맞추다 보니 아들이 아빠를 서서히 좋아하고 의지하는 게 느껴졌다.

사람들이 흔히 말하는 아기가 우는 경우는 3가지이다. '배고플 때, 기저귀가 불편할 때, 졸릴 때'. 나는 『똑게 육아』(제 2화 참고) 책을 바이블로 삼아 '먹텀, 놀텀, 잠텀'을 기록해 가며 아들의 루틴을 공고히 하는 데 주력했다. 다행히 우리 아들은 이 3가지의 맥락에서 크게 벗어나지 않았다. 늘 80ml의 정량 분유를 꼬박꼬박 섭취했으며 '놀텀 100분에 잠텀 1시간'이라는 공식을 나에게 선사했다. 다시 말해 졸리면 1시간의 수면을 취하고 잠에서 깬 뒤 100분간 아빠랑 함께 놀았다는 이야기이다.

'하루 종일 누워만 있는 아기랑 뭘 하고 놀지?'라는 질문은 우선 '국민 육아템'들로 해결하기로 했다. '육아는 아이템빨'이라는 말이 무슨 말인지 처음엔 잘 실감이 나지 않았다. 그러나 적절한 시기에 육아템을 활용하니 그냥 맨손으로 놀아 주는 것보다 여러모로 많은 도움이 된다는 것을 알았다. 연말이라 크리스마스와 연말연시 특수를 노린 각종 육아템들끼리 가격 경쟁이 붙었다. 계속 검색을 하면 할수록 소비 요정이 고개를 들어 무엇이든 다 사야 할 것만 같았다. 이내 정신을 차리고 '아기 체육관', '역류 방지 쿠션', '피ㅇ프라이스 모빌' 등 가장 널리 사용하는 아이템들만 활용하기로 했다.

초보 육아 아빠에게 걱정거리를 안겨 주었던 또 하나의 과제는 바로 잘 씻기는 것이었다. 잘 먹고, 잘 놀고, 잘 재우는 것은 어느 정도 하겠는데 잘 씻기는 건 어떻게 하는 것일까. 장모님의 특훈을 받아 씻기는 순서, 잘 씻겨 줘야 하는 부분 등을 꼼꼼히 체크해서 아들이 즐겁게 목욕을 할 수 있도록 노력했다. 2024년 요즘은 정말 안 씻으려고 하는 아들에게 당근과 채찍의 콤비네이션을 선사하지만 태어난 지 2개월 된 아기는 정말 씻는 걸 좋아하고 즐겼다. 물속에 들어가는 순간부터 눈빛이 초롱초롱하게 빛난다. 물장구를 치지는 못했지만 누구보다 역동적인 몸짓을 선보였던 아들. 그야말로 천사가 따로 없다.

그리고 2020년 12월 25일, 이번 크리스마스는 여느 때와 비교할 수 없을 정도로 뜻깊은 날이다. 크리스마스 선물로 우리 부부에게 새 식구가 등장했으니 말이다. 셋이 맞는 첫 크리스마스이기에 우리 부부는 '크리스마스 날 먹는 음식' 등을 검색해서 케이크도 사고 음식도 만들어 기념하기로 했다. 지금에서야 돌이켜 보면 우리 2명이 먹을 건데 너무 오버한 것은 아닌가 싶기도 하다. 하지만 연말인데 이 정도 분위기는 내야지 하는 생각으로 즐겁게 준비했다. 내 기억에 절반은 못 먹고 버린 것 같긴 하지만.

그렇게 우리 가족만의 크리스마스 파티가 시작되었다. 집 안 곳곳은 크리스마스 장식들과 화려한 조명들로 따뜻한 분위기를 연출하고 있었다. 우리 부부와 아들은 모자, 사슴뿔 장식, 루돌프 코 장식들을 갖추며 크리스마스를 만끽할 준비를 했다. 우리의 기대와는 달리 아들은 크리스마스를 그리 반기지 않았다. 그리고 몹시 졸린 상태여서 평소보다 더 울고불고 떼를 쓰는 상황. 결국 우리 부부는 사진만 잽싸게 찍고 약 2시간의 전쟁 같은 파티를 일단락 지었다. 그리고 서로 증류주를 한두 잔 기울이면서 올 한 해 고생했고 내년에도 열심히 잘 살아 보자고 다짐했다. 순간 한 가지 질문이 머릿속을 스치며 지나갔다.

내가 이렇게 하는 게

제대로 된 육아가 맞나?

열심히는 하는 것 같은데….

잘하는 거 맞겠지?

VIP 님 지나가실게요

1월은 가족 행사가 많다. 1월 초에 본가 아버지 생신과 내 생일이 있고 중순에 처제의 생일, 말일쯤에 와이프의 생일이 있다. 이따금 장인어른의 음력 생신이 1월인 경우도 있고 설 연휴 기간이 1월에 함께 있을 때도 있다. 그래서 1주일에 하루 날을 잡아 2~3개의 행사를 한꺼번에 몰아서 진행하는 편인데 올해부턴 새로운 게스트도 함께한다. 그것도 초특급 VIP 게스트인 우리 아들 말이다.

지인으로부터 출산 선물로 받은 우주복이 있어 아들에게 입혀 보기로 했다. 그리 크지 않다고 생각했던 옷이 아들에겐 아직 너무 컸다. 마치 걸리버 앞 릴리퍼트를 보는 기분이었는데 이런 느낌은 비단 옷에만 해당하는 게 아니었다. 며칠 전부터 분리 수면을 시도하기 위해 아들 방에 새로운 매트리스와 침구를 마련해 주었다. 그 위에 곤히 자는 아들의 모습을 슬쩍 보니 침구 세트가 너무나 거대해 보인다. 곧 있으면 백일이니 많이 컸다고 생각했는데 여전히 이렇게나 작고 소중할 줄이야.

본가를 방문할 때도, 처가댁을 방문할 때도 늘 행사의 주인공은 당사자가 아닌 우리 아들이다. 모두들 사랑스러운 눈빛과 제스처로 새로 생긴 가족을 환대하지만, 정작 아들은 그러한 관심과 주목을 반기지 않았다. 불안해서 주변을 살피는 눈빛을 날렸고, 부모의 품을 더욱 격하게 파고들어 떼쓰기 일쑤였다. 4년이 시난 지금은 먼지 버선발로 다가가 할머니, 할아버지를 찾는 귀여운 손주가 된 게 신기할 따름이다.

어딜 가나 상다리가 휘어질 정도로 진수성찬을 내어 주시고 생일상에 빠질 수 없는 미역국도 정성스레 장만해 주셨다. 맛있는 음식을 즐겁게 먹기만 하면 되던 지난날들은 이 젠 아름다운 추억 일부로 자리 잡게 되었다. 왜냐하면 누군 가는 아들을 케어하면서 밥을 먹어야 했기 때문이다. 이제 막 육아의 세계에 발을 들인 터라 우리 부부는 모든 것에 서 툴렀다. 그때마다 육아 선배이신 우리 엄마나 장모님이 아들 을 챙겨 주셨고, 그 덕에 우리는 잠깐이나마 육아의 해방감 을 만끽하며 편하게 식사했다.

백일이 점점 가까워져 오면서 아들의 인상도 제법 또렷해 지고 일명 '태지'라 불리는 솜털들도 점점 자취를 감추었다. 아직 목에 힘이 없어 두 손으로 몸을 받칠 때마다 신경이 곤 두섰지만, 폭풍 성장하는 것이 확연히 느껴질 정도였다. 그 리고 눈길조차 준 적 없던 육아 프로그램에도 관심이 가기 시작했다. 브라운관에 비치는 이른바 '육아 선배'들의 모습을 보며 많은 생각을 했다. 일찌감치 아이를 키운 그들의 모습 이 존경스럽기도 했고 부럽기도 했다. 또한 그들이 아이들과 친근하게 지내는 모습을 보며 '나도 아들이 크면 나중에 저렇 게 재미있게 놀아 줘야지.'라고 다짐했다.

그리고 갓난아기 부모들이 간절히 바란다는 '백일의 기적'을 내심 기대하고 있었다. 백일의 기적이란 백일이 지나면 아기가 정말 어른처럼 8시간 이상 통잠을 자서 부모들의 일상이 편해진다는 것을 일컫는 표현이다. 이때부터 이가 조금씩 나기 시작하며, 보채는 빈도도 확연히 줄어들어 갓난아기 태를 많이 벗는다고 한다. 그런데 오히려 날이 가면 갈수록 아들은 새벽에 더 많이 깨고, 깰 때마다 다시 잠자리에 들기까지 오래 걸리기 시작했다. 그냥 조용히 잠자리에 들면 괜찮은데 잠투정도 오히려 날이 갈수록 심해졌다.

백일의 기적이

정말 오긴 올까?

설마 안 올 수도 있나?

백일의 기적이 뭔가요?
먹는 건가요?

　2021년 2월, 곧 있으면 마주할 아들의 백일 파티에 신경이 곤두서 있다. 우리 부부는 백일상 대여 업체 이곳저곳을 꼼꼼히 비교 분석해 보며 제일 마음에 드는 물품을 찾으려 노력했다. 그리고 본가와 처가댁 식구 모두 모일 수 있는 날로 스케줄을 확정하고 이것저것 준비해야 할 체크리스트도 차근차근 정리했다. 그리고 행사 당일, 아들을 한복으로 갈아 입히고 집에서 챙겨 온 아기 의자에 앉히니 백일 파티를 맞이한 게 비로소 실감이 났다. 아들은 평소보다 더 자신을 환대해 주는 어른들의 모습을 보고 기분 좋아했고 훨씬 더 많이 웃어 줬다. 적어도 사진 찍을 동안만큼은 그랬다.

그렇게 본가와 처가댁에서 백일 행사를 성대하게 마치고 아들에게 들어온 선물과 현금을 정리했다. 현금의 양이 생각보다 꽤 되어 이것을 어떻게 활용할지 고민했다. 검색해 보니 신생아들도 주식계좌를 만들고 주식을 살 수 있는 방법이 있었다. 장기적으로 봤을 때 첫째에게 좋은 재테크 수단이 되겠다고 생각해 은행에 가서 증권계좌를 개설하고 주식 몇 개를 사 줬다. 그리고 이 주식계좌는 아들이 20살이 되는 날 공개하기로 했다. 잃는 경험은 부모만 하면 되었지 아직 첫째의 주식은 미실현 손실이니까 괜찮을 거로 생각하면서 말이다.

그리고 아들에게 새로운 친구가 하나 생겼다. 바로 '치발기'이다. 아들은 포도 모양, 바나나 모양 등 알록달록하고 아기자기한 치발기를 참 좋아했다. 그렇다고 아무 치발기나 마구잡이로 활용하는 것은 또 아니다. 자기 잇몸 사이와 이를 확실히 긁어 줄 것. 그립감이 좋아 손에 오래 두고 잡아 놓기 편한 디자인일 것. 일일이 탐색하는 시간을 가지더니 아들은 포도 모양 치발기를 제일 사랑했고 오래 간직하고 다녔다.

그런 연유로 열탕 냄비는 늘 쉴 새 없이 펄펄 끓기 일쑤였고 나는 젖병과 젖꼭지, 치발기, 유아 장난감 열탕의 달인이 되어 갔다. 열탕과 소독을 하면 나도 덩달아 깨끗해지는 느낌이 들었던지라 별 거부감 없이 이 순간을 즐겼다.

또한 아들이라 그런지 확실히 소근육보다 대근육이 금방 발달하는 것이 느껴졌다. 요새 들어 아들은 어깨와 등, 엉덩이에 힘을 주고 스스로 몸을 컨트롤하려고 애를 쓴다. 아직 뒤집기를 온전히 할 수준이 아님에도 불구하고 아들은 틈만 나면 온몸을 비틀어 뒤집기를 시도했다. 목에도 힘이 빳빳하게 들어가 있어 더 이상 목이 흐느적거려 다칠까 염려하지 않아도 되었다. 분유를 먹는 양도 컨디션이 좋을 때는 160ml까지 단숨에 들이켤 정도로 성장했다. 마냥 누워만 있을 줄 알았던 첫째가 다행히 성장 과정에 맞추어 잘 자라고 있구나. 한편으론 또 하나의 걱정거리가 머리에 맴돌았다. 왜냐하면 뒤집기에 한 번 성공하면 연신 뒤집다가 안전사고를 당할 수 있다는 경고 문구를 접한 적이 있기 때문이다. 슬슬 매트의 크기도 좀 더 큰 것을 준비하고 안전 가드도 설치해 줘야겠다고 생각했다.

　아들이 조금씩 커 갈수록 등장하는 육아템의 가짓수도 하나둘 늘어 갔다. 늘 새것을 사 주기에는 비용도 많이 들고 활용 빈도가 다소 짧은 아이템들은 가성비가 떨어졌다. 그래서 '당○마켓'이라는 중고 거래 플랫폼을 슬슬 활용하기로 했다. 아기를 낳고 보니 유모차도 디럭스, 절충형, 휴대용 등 발달 시기에 적합한 모델이 상당히 많다는 것을 깨달았다. 지금 아들에게는 디럭스가 제일 좋을 것 같다고 생각해 당○마켓을 부리나케 검색했다. 다행히 근처의 한 이웃이 무료 나눔으로 유모차를 처분한다는 소식을 접하게 되었고 곧바로 구매에 나섰다. 아들은 유모차가 마음에 들었는지 별다른 거부감 없이 잘 타고 좋아했다. 이제 이걸로 여기저기 놀러 가면 되겠구나.

　그리고 교사로서 1년 동안 맡았던 제자들을 무사히 졸업시키고 2020학년도를 마무리했다. 유례없는 코로나 시국이라 학생들을 대면 수업이 아닌 원격수업으로 마주하는 날이 훨씬 많았다. 모처럼 만나도 마스크를 쓰던 시기여서 얼굴 한 번 제대로 못 익히고 졸업시키는 게 못내 아쉬웠다. 훗날 더 좋은 때에 만나기를 약속하고 학생들을 보낸 뒤 교무실에 가서 이렇게 인사드렸다.

"1년 동안 아들 잘 키우고 돌아오겠습니다."

그렇다. 나는 2021학년도 육아휴직 원서를 제출하고 승인을 받은 '육아대디'가 되기로 결심했고 다음 달부터는 그 다짐을 실천에 옮긴다. 와이프의 바람도 한몫하긴 했지만 인생의 큰 전환점을 맞은 지금, 육아라는 큰 과업에 휴직이라는 재료를 살포시 얹어 온전히 육아의 세계에 도전해 보고 싶었다. 또한 주변에서 육아를 도맡아 하는 아빠가 없었기에, 이 과정을 토대로 하여 나의 뒤를 이을 다른 육아대디에게도 좋은 본보기와 공감을 선사해 주고 싶었다.

그렇게 겨울이 지나가고 날이 제법 따뜻해졌다. 주변을 하얗게 수놓던 눈의 자취도 서서히 사라져 가고, 아침에 해가 뜨는 시간도 점점 빨라졌다. 그렇게 봄이 다가오는 소리를 잔잔히 느끼려던 찰나, 아들의 울음소리에 오늘 아침도 한바탕 전쟁이다. 분명 백일의 기적이 일어나면 아가는 부모의 사랑을 받아 안정감을 느끼게 되고, 그동안 고생한 엄마 아빠를 위해 통잠이라는 것을 선물한다던데….

그래, 사람마다 생활 패턴이 모두 다르듯,

좀 더 자라다 보면 분명 잘 자는 시기가 오겠지.

그런데 대뜸 와이프가 이렇게 얘기한다.

"여보, 우리 아들도 원더 윅스(아기가 정신·신체적으로 급성장하며 평소보다 더 울고 보채는 시기)라는 게 온 거 같아. 그것 때문에 잠 못 자는 아기들도 많대."

"그래? 원디 윅스기 자주 있는 거래?"

"애들마다 다르긴 한데 두 돌 때까지 적어도 열 번은 찾아온다는데?"

"뭐? 그러면 앞으로 열 번 정도는 계속 이런 패턴으로 살아야 하는 거야?"

아뿔싸. 큰일 났구나.

제2장

아빠 육아휴직 Start!

제6화

퇴근이란 없는 아빠 육아

2021년 3월, 인생 첫 육아휴직을 시작했다. 와이프는 분주하게 출근 준비하느라 바쁘고 나는 잠이 덜 깬 몽롱한 상태로 와이프에게 출근 잘하고 오라고 안부 인사를 전한다. 그리고 육아일지를 살펴보며 새벽에 어떤 일들이 있었는지 기억을 더듬어 본다. 그래도 요즘 아들이 10시에 자서 5~6시간가량의 봉삼을 자기 시작한다. 몇 개월 전보다 생활 패턴이라는 게 나름 형성되고 있음에 감사했다. 그래야 나도 생활 리듬을 유지하고 좀 더 건강한 상태에서 육아할 수 있기 때문이다. '새벽 4시에 밤 수유하고 20분 정도 소화시킨 후에 바로 재웠구나.', '6시에 잠깐 또 일어나서 80ml 분유 먹이고,

기저귀를 갈았구나.' 등을 체크한다.

이 정도면 육아휴직에서 '휴직'이란 단어를 빼야 하지 않나 싶네.

생에 첫 육아휴직을 시작한 지 2주 정도 되어 가니 아기 키우는 전업주부의 마음이 이해가 가기 시작했다. 아기가 깨어 있을 때는 같이 놀아 주고, 아기가 자면 밀린 청소, 빨래, 설거지, 식사 준비 등을 시작한다. 아기가 잘 때 집안일을 안 해 두면 쫓기는 마음이 들어 아가와 마음 편하게 놀아 주지 못하게 된다. 그리고 한꺼번에 집안일을 처리하는 것도 어려운 일이다. 한마디로 이도 저도 안 되기 때문에 시간 있을 때 차근차근해야 할 일을 해 두어야 한다. 그렇게 부지런을 떨다 우연히 내려다본 창밖. 3월의 봄날은 포근하고 따뜻하기 그지없다. 때마침 낮잠 자고 일어난 아들을 외출복으로 갈아 입히고 부랴부랴 산책길을 나선다. 평일 오후 집 앞 천변은 더할 나위 없이 한산하고 조용하다. 그렇게 고즈넉함을 음미하는 순간. "으아아아앙!" 아차차. 내가 지금 혼자 여유를 부릴 때가 아니지. 울고 있는 아들을 부지런히 모시고 다시 집으로 가 오늘의 육아 2차전을 맞이한다.

생후 6개월 차 아들에게서 요즘 두드러지게 나타나는 특징은 바로 '관심거리가 생겼다는 것'이다. 아들은 요즘 주변의 사물과 소리에 호기심을 갖고 적극적으로 반응하기 시작했다. 그리고 자기 손이 닿는 물건은 반드시 집어야 직성이 풀리는 듯했다. 언젠가 아가들의 이러한 욕구를 해소하는 데 장난감을 제공하는 것이 큰 도움이 된다는 이야기를 들은 적이 있다. 그렇다면 바로 검색해 봐야지. 그러던 중 발견한 유레카!

호오. 장난감을 빌려주는 도서관이 있어?

장난감 대여의 좋은 점은 바로 '관찰 및 연구'이다. 주기적으로 아가에게 여러 종류의 장난감을 갖고 놀게 해 주면서 어떤 장난감에 가장 흥미가 있는지를 알아볼 수 있다. 섣불리 비싸고 큰 장난감을 사 줬는데 쳐다도 안 보는 불상사를 미연에 방지할 수 있다고나 할까. 그렇게 몇 번의 임상실험을 거쳐서 내린 원픽은 바로 '쏘서'였다. 쏘서는 아직 앉거나 일어서지 못하는 아가들에게 직립이란 신세계를 경험할 수 있게 해 준다. 허리와 다리의 코어 근육 발달에 유용함은 물론 360도 회전이 가능해 동작의 다양성을 추구하기 좋았다. 또한 입에 넣고 물고 빨기 좋은 정글 친구들이 상주해 있었기에 아들은 친구들에게 원 없이 자기 입속 구경을 시켜 줄 수 있었다. 특히 잠자리 모양 친구는 아들이 너무 사랑했는지라 늘 머리 부분이 번쩍번쩍 광이 났다.

그렇게 장난감도 가지고 놀고 산책하러 나가곤 하지만 홀로 육아의 가장 큰 문제는 '소통의 부재'이다. 이따금 일어나는 아들의 뜻 모를 보챔과 떼쓰기가 길어질수록 육아 스트레스는 극에 달한다. 기저귀가 불편한지, 분유를 좀 더 먹고 싶은 건지, 밖에 나가고 싶은 건지 말해 줄 수 있으면 참 좋으련만. 그럼에도 불구하고 육아휴직이 주는 선물은 '내려놓음'이었다. 난 출퇴근 걱정을 하지 않아도 되니 아들이 새벽 3~4시에 일어나도 두렵지 않다. 오전 11시에 유모차 산책하러 나가도 직장에서 나를 전혀 찾지 않으니 내가 육아 이외에 신경 쓸 것은 아무것도 없다며 최면을 걸었다. 그렇게 마음가짐을 달리하니 육체적으로나 정신적으로 육아하는 데 한층 홀가분해졌다. Let it be.(순리에 맡기거라.) 60년 전 비틀스는 정말 대단한 사람들이었다. 이 진리를 전 세계 사람들에게 알려 주다니.

3월의 마지막 날, 와이프랑 맛있는 저녁을 먹기 위해 마트에 가서 장을 보았다. 오늘은 단순히 우리 부부를 위한 식재료를 사는 것이 아니었다. 이제 아들도 서서히 이유식을 시작할 시기가 된 것이다. 얼마 전부터 쌀미음을 만들어 주면서 먹이기 시작했는데 꽤 잘 먹어서 오늘부터는 다짐육을 한번 투입해 보기로 했다. '다른 엄마들은 소고기 이유식 말고 어떤 것을 먹일까? 우리 아들은 과연 어떤 이유식을 제일 좋아할까?'

육아휴직이 거듭될수록 숙제와 과업이 계속 생기지만, 해야만 하고 난 할 수 있다. 왜냐면 아빠니까.

전지적 아빠 육아 시점

제7화

아빠는 육아 레벨 업 중

오늘 하루도 아들의 우렁찬 울음소리로 하루를 시작한다. 와이프는 이미 출근해서 집에 없고 오늘도 오롯이 아들과 오전 시간을 보내기로 한다. 우선 기저귀를 갈아 주고 분유를 120ml 먹인다. 그리고 다음 수면 이후에 먹일 이유식을 미리 소분해 둔다. 취사병 출신이라 미음은 군대에서도 환자한테 많이 만들어 주었기에 일도 아니다. 금세 분유 흰 통을 다 비운 아들을 소화시키면서 오늘 오전에 할 일들을 정리한다.

새벽에 먹였던 젖병과 젖꼭지가 부엌에 수북해 냄비에 넣고 열탕 소독을 한다. 그리고 건조가 다 된 빨래를 개어 놓고 있는데 아들이 큰 소리로 운다. 기저귀를 보니 대변을 보았다. 잽싸게 팔 한쪽에 아들을 받치고 꼼꼼히 씻긴다. 기저귀를 이제 슬슬 통풍이 잘되는 여름용으로 바꿔 줘야겠다고 생각한다. 살이 맞닿는 부분이 빨갛게 짓무르기 시작했기 때문이다. 물기를 잘 닦아 준 다음 비O텐 연고를 발라 준다. 때마침 빨래할 거리가 있던 참이라 아들의 옷까지 한꺼번에 넣어서 세탁기에 넣는다.

세탁기 빨래가 돌아가는 동안 대변을 보아서 배고플 수 있으니 아들에게 쌀미음을 먹여 보도록 한다. 처음 보는 실리콘 스푼도 신기하고 쌀미음의 텍스처도 신기한 모양이다. 오늘은 어제보다 아들이 미음을 3~4숟갈 더 먹는다. 슬슬 찹쌀을 혼분해도 되겠다는 생각을 해 본다. 한 30분 뒤면 수면 의식을 해도 되겠다 싶어 '더미 타임'을 주기로 한다. 바닥에 폭신한 담요를 깔고 사방에 방지 쿠션을 설치해 주면 아들만의 쇼 타임이 시작된다. 밥을 먹고 난 직후라 그런지 배밀이가 여느 때보다 더 역동적이다.

그러는 동안 잽싸게 나를 위한 점심을 차린다. 육아휴직하면서 부쩍 국에 밥을 말아 먹는 버릇이 생겼다. 밥과 반찬을 차려서 수저를 사용하는 것은 시간 낭비이다. 언제 무슨 일이 생길지 모르기에 전날 끓여둔 미역국에 밥을 말고 김치를 꺼내서 대충 먹는다. 아들이 또 보채면서 운다. 눈을 연신 비비는 모양새가 꽤나 졸린가 보다. 아기를 품에 안고 일어서서 슬금슬금 오금에 자극을 준다. 우리 아들은 아빠 품에서 바운스를 느낄 때 푹 잠에 드는 버릇이 있기 때문이다. 20분 정도 되니 곤히 잠든 것 같다. 얼른 침대에 눕히고 남은 국밥을 단숨에 들이켠다.

아기가 잔다는 것은 집안일과 마주할 골든타임이 왔다는 것. 그저께 해야 했던 화장실 청소부터 부지런히 시작한다. 그것이 끝나면 분리수거 시간. 일반쓰레기, 음식물쓰레기를 차곡차곡 정리 박스에 옮겨 담고 분리수거장에 가서 배출한다. 그리고 아들의 입에 들어갔던 치발기, 장난감 등을 또 한번 열탕 소독한다. 그러던 중 세탁기가 세탁을 끝냈다는 알림을 보낸다. 건조대에 널어서 말릴 옷감과 건조기에 돌릴 세탁물을 구분한 뒤, 각자의 조건에 맞게 세탁물을 정돈한다. 그렇게 일과를 어느 정도 마치고 나면 소파에 누워 잠깐 쪽잠을 청한다. 오전 육아 1부가 마무리되는 셈이다.

20~30분쯤 지났을까. 아들이 낮잠을 1시간 정도 자고 일어났다. 기저귀를 확인하니 소변을 살짝 봐서 새 기저귀로 갈아준다. 와이프가 퇴근할 시간이 얼마 남지 않아 동화책을 읽어 주기로 한다. 동화책을 읽어 주는 아빠의 모습이 신기한가 보다. 와이프가 읽어 주래서 읽어는 주는데 이게 과연 의미가 있나 싶을 때가 있다. 그래도 안 읽어 주는 것보다는 낫겠지라는 심정으로 열심히 읽어 준다. 그 사이 와이프가 퇴근하는 소리가 들린다. 천군만마를 얻은 느낌이다. 와이프가 들뜬 목소리로 집에 오자마자 이렇게 말한다.

"여보, 오늘 같은 날 집에 있으면 죄인이야.
벚꽃 보러 가자."

그냥 죄인이 되고 싶지만 그럴 수 없으니 나갈 채비를 한다. 아들에게 어울리는 나들이 복장을 입히고 육아 바구니를 체크한다. 분유, 기저귀, 손수건, 물티슈, 보온병…. 얼추 다 챙긴 것 같다. 유모차를 차에 실어 근처 카페로 벚꽃 구경을 하러 갔다. 처음엔 죄인이고 뭐고 간에 집에 있고 싶었지만, 막상 나오니 나오기를 잘했다는 생각이 들었다. 아가와 즐거운 시간을 보내고 집에 가면서 이번 주말에 인근 아울렛에 나들이를 가는 것이 어떠냐고 와이프가 묻는다.

아, 그러면 어디든 좋지.
주말에 집에 있으면 뭐 해.
빈둥대기나 하지.

주말이랄 게 딱히 없는 육아휴직러에겐 선택의 여지가 없다. 사주 들렀던 아울렛인데 부모가 돼서 방문하니 이선에 보이지 않던 많은 것들이 보이기 시작한다. 유모차 대여소와 수유실의 소중함을 알게 되고 아기 옷 브랜드도 천차만별인 것을 새삼 깨닫는다. 피곤하긴 한데 삼삼오오 나들이하는 가족들 사이에 함께 자리하니 뭔가 어른이 된 것 같은 기분이 든다. 그렇게 평일과 주말의 구분이 없이 육아에만 매진한 지 2개월이 지났다. 새삼 나를 낳아 주고 길러 준 부모님을 격하게 존경하게 되는 순간이었다. 나도 우리 아들에게 좋은 아빠가 되리라고 마음을 굳게 다잡았던 날이기도 하고.

제8화

신도시 육아 아빠

　2021년 5월 첫 주, 6개월가량의 전원생활을 마무리하고 강 건너 신도시로 이사를 했다. 육아휴직 중이라 지금의 전원생활이 육아하는 데 큰 문제가 되는 것은 아니었다. 그러나 복직 이후 어린이집을 보내거나, 아기가 아파 병원에 가야 하는 경우 등을 고려해 보았을 때 지금 생활하는 곳의 인프라는 썩 만족스럽지 못히였다. 고심 끝에 도보로 어린이집 등·하원이 가능하고 마트, 병원, 지하철역 등을 자유롭게 이용할 수 있는 신도시로 생활권을 바꾸기로 했다. 무엇보다 가장 큰 장점은 처가댁과의 거리가 가까워지는 것이었다. 이사를 하게 되면 처가댁이 무려 걸어서 10분도 안 되는 거리에 있게 된다. 육아하는 데 수시로 도움을 받을 수 있어 적극 찬성했다. 2024년 지금, 내가 온전히 밤늦게까지도 와이프 없이 두 아이를 돌볼 수 있는 역량을 다지게 된 것은 이사 덕분이었다. 장인·장모님이 가까운 곳에 계셔서 얼마나 다행이었는지.

이사하고 처음 2주 정도는 신도시 생활에 적응하는 데 애를 많이 먹었다. 무엇보다도 적응하기 힘들었던 부분은 고독감이었다. 불과 몇 주 전만 해도 전원생활을 하며 아침에 창문 너머로 들리는 새소리로 힐링하고, 점심시간에 인근 맛집 손님들의 시끌벅적한 소리를 들으며 살았다. 그러나 신도시 평일 오전은 그야말로 정적이다. 오히려 약간의 소리가 문밖 너머로 들리는 것이 수상할 정도였다. 게다가 우리 집 창밖 뷰는 건물 뷰여서 보이는 사물이라곤 오직 창문과 콘크리트 벽뿐이었다. 그래서 아들이 낮잠 잘 때만 집에 있고 그 외의 시간은 내내 밖에 나와서 아들과 산책했다. 결혼 이전부터 평생을 도시에서만 살아왔지만, 신도시 평일 오전 시간을 보내는 것은 생각보다 힘겨운 일이었다.

그런 나에게 구원의 손길이 있었으니, 아내를 비롯한 처가 댁 식구들이었다. 장인·장모님께서는 평일 오전에 여유가 생길 때마다 점심도 사 주시고 아들도 돌봐 주셨다. 혼자 있지 말고 차라리 처가댁으로 건너와 드라마라도 같이 보며 수다를 떨자고 말씀해 주시기도 했다. 그래서 나는 처가댁을 내 집처럼 편하게 드나들며 생활할 수 있었다. 와이프도 퇴근 이후에 아예 아들 밤잠 재우기 전까지 처가댁에서 생활했다. 그러다 보니 서서히 내 마음을 옥죄었던 외로움과 고독감이 자취를 감추기 시작했다. 그리고 며칠 지나지 않아 나는 완벽히 신도시 육아에 적응할 수 있었다. 육아휴직러만의 특권인 '평일 오전 시간 누리기'를 온전히 시전하게 된 순간. 이때부터 나는 아들과 함께 마음껏 동네 이곳저곳을 활개 치기 시작했다.

뒤집기를 시작하고 더미 타임을 마스터한 아들이 요즘은 부쩍 기어서 집안 곳곳을 탐색하기 시작했다. 그래서 아들이 자주 기어가는 스폿에 아기자기한 장난감이나 냉장고에 붙어 있는 알록달록한 자석을 놓아 주었다. 총천연색의 색깔을 품은 물건들에 격한 관심을 보이기 시작한 아들의 모습을 흐뭇하게 바라본다. 그렇게 신나게 놀고 나서 아들에게 제일 좋아하는 간식인 '떡뻥'을 주었다. 이번 달부터 조금씩 주고 있는데 여러 가지 맛 중에서 바나나 맛을 제일 좋아한다. 시중의 타사 제품도 제공해 봤지만 '살면서 접한 최초의 떡뻥 =바나나 맛'이란 공식이 생겼는지 계속 바나나 맛만 먹기를 고집한다. 아들의 주관이 분명하게 생기는 중인 것을 다시금 느낀다.

분유도 이제 혼자 병째로 잡고 마실 수 있는 걸 보아하니 말로만 듣던 '자기 주도 이유식'을 시작할 때가 된 것 같았다. 그래서 장모님께 이 시기에 제공하면 좋은 이유식을 코치받던 어느 날, 장인어른께서 하얀 봉투를 건네주시는 게 아닌가. 설레는 마음으로 봉투를 열어 보니 초대권 1장이 들어 있었다. '알펜시아 리조트 1일 숙박권'이었다.

"아들 키우느라 고생 많았으니
너희도 이제 애 데리고 좀 놀러 다녀라."

그러고 보니 아기가 곧 200일이기도 하고 별다른 여행이란 것을 한동안 해 보지 못했던 터라 우리 부부는 감사한 마음으로 여행을 다녀오기로 했다.

그런데, 짐을 어떻게 꾸리고 가야 하지?

제9화

아빠표 이유식 완성,
그리고 찾아온 둘째

　요즘 부쩍 이유식 제조에 재미를 붙이는 중이다. 왜냐하면 이유식 만드는 재료에 따라 아들의 반응이 사뭇 다른 것이 느껴지기 때문이다. 자기가 좋아하지 않는 재료가 조금이라도 들어가면 스푼이 채 입에 들어가기도 전에 혀로 밀어낸다. 한편으로 '이앓이'가 본격적으로 시작되는 중이다. 이가 나는 과정이 무척 고통스러운지 아들이 자다가 많이 깨서 운다. 그래서 이유식을 제대로 만들어 주면 좀 나아질까란 생각에 아빠표 이유식에 집중했다. 남김없이 다 먹이는 것이 중요하다기보다 분유로 채워지지 않는 다양한 영양소를 조금이라도 먹게 해 보자는 것이 주목적이었다. 육아 맘들이 많이 보는 이유식 책에서 적당한 음식을 골라 나름의 '탄·단·지' 로테이션을 설정해 식단을 구성한다. 보기보다 스트레스를 많이 요하는 과정이었으나 2024년 요즘 돌이켜 보면 품이 많이 들긴 했어도 이유식을 꾸준히 잘 만들어 주기를 잘했다고 생각한다. 첫째, 둘째 모두 이유식을 먹을 일은 이제 두 번 다시 없기에.

그리고 얼마 전 우리 가족은 처음으로 여행을 떠났다. 식구가 한 명 늘었을 뿐인데 가져가야 할 짐은 산더미다. 기저귀, 젖병, 젖병 세척 도구, 아기 욕조, 분유, 분유 포트, 유아용 세면도구, 갈아입힐 옷, 수건, 유모차 등. 일일이 세면 셀수록 챙겨야 할 것이 계속 늘어나는 마법이 일어난다. 거기다 설렘을 가득 안고 구매한 '유아용 튜브'까지. 차에 꾸역꾸역 짐을 싣고 2시간여를 달려 리조트에 노착했나. 리조트 객실은 작고 아담했지만, 주변에 이용할 수 있는 시설이 많았고 주변 경관도 가족 친화적이었다. 다른 부대 시설은 아직 우리 아들이 이용하기엔 한참 모자랐기에 물놀이라는 미션에만 집중해 보기로 했다. 인생 첫 물놀이를 경험한 아들은 세상 신기하다는 표정을 연신 지어 보이며 즐거워했다. 모든 오감을 총동원하여 물속에서의 감각은 어떤 것인지 탐색하려고 노력하는 모습이 너무 재미있고 신선했다.

　여행 후 얼마 지나지 않아 우리 가족에게 또 하나의 축복이 찾아왔다. 16개월 연년생 터울의 둘째가 엄마 뱃속에 나타난 것이다. 와이프는 결혼 전에도 무자식 아니면 2명 이상의 자식을 낳기를 희망했다. 왜냐하면 자식을 외동으로 키우고 싶지 않았기 때문이다. 그래서 아들에게 되도록 빨리 동생을 선사해 주고 싶다고 했다. 다행히도 그러한 와이프의 희망이 현실이 되는 데 그리 오래 걸리지 않았다.

　그렇게 하루아침에 우리 아들은 '첫째'라는 타이틀을 달게 되었고 수개월 뒤 태어날 동생은 비록 아직 콩알이긴 하나 '복댕이'라는 태명을 갖게 되었다. 그리고 또다시 임산부가 된 아내가 코로나 시국에서 그저 무탈하게 둘째를 잘 낳기를 바랐다. 지자체에서 어찌 알고 임산부가 된 아내를 위해 여러 가지 필요한 물품을 보냈다. 어쩌면 몇 달 뒤에 태어날 둘

째를 위해 미리 보낸 선물이라는 생각이 든다. 이미 둘째가

우리 가족에게 찾아온 것이 크나큰 선물인데 뭘 이런 걸 다.

제10화

아빠는 그냥 보고 있어

태어난 지 9개월째 접어들면서 아들은 부쩍 스스로 할 수 있는 게 많아졌다. 자기 주도 이유식을 주면 먹는 음식보다 바닥이나 식탁에 흘리거나 날리는 음식이 훨씬 많았다. 그래도 본인 스스로 탐구하고 즐기며 음식을 섭취할 수 있도록 시간을 넉넉하게 주었다. 아들은 자기 주도 이유식 먹기를 꽤 잘해 주었고 이 과정은 무엇보다 아들의 '내가 할 거야.'라는 욕구를 충족시켜 줄 수 있어 좋았다. 그러면서 분유의 양도 조금씩 줄이기 시작했다. 왜냐하면 돌 되기 전까지 단유를 시도하고 싶었고 그게 발달 단계상 시의적절하다는 조언이 많았기 때문이다. 생각보다 분유에 대한 아들의 의존도가 높아 쉽지 않았지만 자기 주도 이유식을 시작하면서부터 분유 먹는 양이 확연히 줄어들긴 했다.

아들의 '내가 할 거야.' 본능은 여러 가지 상황에서 모습을 드러내기 시작했다. 엘리베이터 버튼을 자기 스스로 눌러야 직성이 풀리고 초인종 버튼도 마찬가지다. 어른들에게는 전혀 대수롭지 않은 행동 중 하나로 볼 수 있지만 아들에게는 중차대한 일인 모양이다. 왜냐하면 이 욕구를 충족시켜 주지 않으면 떼를 쓰며 엉엉 울기 때문이다. 육아 선배들이 하나같이 '내가 할 거야.' 습관은 되도록 인내심을 갖고 충족시켜 주어야 발달상에 무리가 없다고 했다. 그래서 가능한 한 하고 싶어 하는 행동을 모두 할 수 있도록 배려하기로 했다. 속은 다소 문드러졌지만 말이다.

앉음마가 가능해지고 소근육이 발달하면서 일상생활의 모든 것들이 놀잇감으로 변모했다. 아들은 부엌까지 기어가서 서랍에 있는 주방 도구를 꺼내 노는 것을 좋아했다. 특히 스테인리스 재질로 된 물건에 깊이 관심을 가지기 시작했는데

차가운 감촉이 좋았나 보다. 또한 '아기 체육관'에 대한 관심은 시들고 'zany zoo'라는 놀잇감에 깊이 빠져 있다. 나무 장식을 빙글빙글 돌리거나, 구슬 장식을 주어진 라인에 맞추어 이리저리 움직이면서 사물에 대한 판단력을 기를 수 있어 좋았다. 특히 이 놀잇감은 앉아서도, 일어서서도 할 수 있기에 신체 능력 향상에도 도움이 많이 되었다.

  그리고 오늘도 쉴 수 없는 이유식 만들기. 아들의 먹는 속도와 배변 활동의 상태로 볼 때 충분히 중후반기 이유식을 도입해도 무리가 없다고 판단했다. 아들이 좋아하는 간 소고기는 베이스로 두고 여러 가지 채소, 두부 등을 쓰임에 맞게 혼합하여 이유식을 제조했다. 날이 더워지면서 이유식을 실온에서 적당히 식힌 뒤 바로 냉장고로 옮겨 두었다. 한편 이유식을 만들다 보니 남는 식재료가 많이 생겼다. 그래서 이유식 만드는 김에 바로 밑반찬도 만들어 차곡차곡 보관 용기에 담아두었다. 취사병 출신이라 음식 만들고 치우는 데에는 걱정거리가 없었기 때문에 와이프가 퇴근하기 전까지 성실히 수행했다.

지난 6월, 강원도 여행을 다녀온 후 세 가족의 장거리 여행이 가능하다는 것을 알게 되었다. 그래서 그 이후로 우리 가족은 주말마다 전국의 방방곡곡을 가 보기로 했다. 경주를 방문하여 대릉원과 동궁과 월지 야간 투어로 시간을 보내기도 하고 충청권의 단양 리조트를 방문하여 백제의 숨결을 느끼기도 했다. 장거리 운전으로 인한 피로 누적은 전혀 문제거리가 되지 않았다. 왜냐하면 연애 시절 왕복 150km씩 거뜬히 운전하던 기운이 남아 있기 때문이다. 무엇보다 아들과 여행을 같이 할 수 있다는 사실에 깊이 감동해 힘이 저절로 불끈 솟아났다. 그렇게 아빠로서 육아휴직을 5개월 정도 하며 아들과의 소중한 시간을 보내고 있을 무렵, 와이프가 대뜸 나에게 진지한 태도로 제안을 하나 한다.

"오빠, 혹시 코로나이기도 하고
임신한 상태로 직장생활을 하기 좀 버거운데….
조기 복직해 줄 수 있어?"

생각지도 못한 제안에 다소 당황하였지만 둘째를 생각해

보았을 때 거절할 이유가 전혀 없었기에 흔쾌히 승낙했다. 바로 이 사실을 근무하는 학교의 관리자에게 얘기해서 내 거취를 조절할 필요가 있었고 다행히 학교에 내가 돌아갈 자리가 남아 있었다. 8월 마지막 주 개학하는 날부터 2학기 학사 일정이 시작되어 출근하라는 언질을 받고 나는 근 6개월간의 육아휴직을 정리하기 위한 채비를 나름대로 갖추기로 했다. 와이프가 고맙다며 혹시 방학 중에 하고 싶은 것이 있느냐는 질문에 1초의 망설임도 없이 이렇게 말했다.

"응, 우리 8월에 제주도 갔다 오자. 아들이랑."

제11화

아빠 그동안 고마웠어,
이제 일하러 가

이유식의 점도와 텍스처는 점점 일반식의 그것과 비슷해지고 있다. 아들의 자기 주도 식사도 시간이 갈수록 좀 더 자연스럽고 능숙해진다. 그와 동시에 아들은 엄마 아빠가 수저를 활용해 식사하는 모습을 유심히 관찰하기 시작했다. 33개월인 지금도 아들은 '무턱대고', '섣불리'라는 단어와 거리가 먼 인생을 살고 있는데 신중하고 관찰하는 성격은 나고닌 천성인 듯싶다. 8월 이후로는 이렇게 여유롭게 아들의 이유식을 만들어 줄 시간이 없다는 생각에 하나라도 더 정성스럽게 이유식을 만들었다.

여행을 다니면서 아들도 어디가 좀 더 비싸고 좋은 호텔인지 느낀다는 생각이 들었다. 따뜻한 조명과 고급스럽고 정갈한 분위기, 차분한 클래식과 매력적인 재즈, 응대하는 점원들의 제스처와 톤, 여유를 즐기는 이용객들의 컨디션 등을 본능적으로 알고 있는 것 같았다. 그래서 8월에 떠나는 제주도 여행도 철저히 아들의 취향에 맞춰 선정했고 그렇게 우리 부부는 제주도 여행을 시작했다.

생에 첫 비행이라 사실 걱정이 많이 되었다. 왜냐하면 아들은 처음 마주하는 물건과 상황에 서서히 적응하는 이른바 슬로우 스타터이기 때문이다. 그래서 예정된 이륙 시간보다 훨씬 이른 시간에 김포공항에 도착해 공항 여기저기를 아들과 함께 탐색하는 시간을 가졌다. 창밖의 비행기가 이·착륙하는 모습을 보여 주기도 하고, 공항 내부의 시설 이곳저곳을 둘러보면서 아들에게 "공항에는 이렇게 신기하고 재미있는 시설도 많아."라고 말해 주었다. 영유아를 동반하는 여행이라 그런지 제공받는 서비스도 많다는 것도 처음 알았다. 탑승 수속할 때도 별도의 게이트로 안내를 받아 시간을 단축할 수 있었고 기내 탑승도 마찬가지였다. 그 덕택이었을까. 다행히도 아들은 공항을 좋은 곳으로 인식했고 아빠와 함께하는 시간에 만족해했다. 약 1시간가량의 비행 동안 어떠한 투정도, 보챔도 없이 무사히 제주도에 도착할 수 있었다.

　10개월 된 아기와 제주도에서 같이 할 수 있는 활동은 그리 많지 않았다. 그 흔한 테마파크나 키즈 카페를 이용하기에 아들은 아직 턱없이 어렸다. 또한 낯선 환경에서 1~2시간씩 차를 타고 이동하는 것도 아들에게는 다소 큰 부담이란 생각이 들었다. 그래서 중문 관광단지 근처의 음식점이나 카페 등만 다녀오기로 하고 나머지 시간은 호텔에서 보냈다. 물놀이에 어느 정도 익숙한 아들이지만 야외 풀장은 처음이라 그런지 다소 긴장한 기색이 역력했다. 그래서 튜브에 앉히지 않고 품에 안아서 풀장 여기서기를 함께 탐색하는 시간을 가졌다. 풀장에서의 텐션과는 달리 숙소는 아들의 취향에 100% 부응했던 모양이다. 들어가자마자 자동차 모양의 침대를 오르내리며 즐거워했고 놀랍게도 여행 내내 큰 보챔 없이 잘 잤다.

그렇게 제주에서의 시간을 보낸 뒤, 나는 조기 복직을 하게 되었다. 둘째를 임신한 와이프는 휴직원을 제출하여 승인받았고 나는 따로 복직 서류를 내서 6개월 전에 근무하던 학교로 돌아가게 되었다. 6개월간의 육아휴직은 내 인생에 있어 두 번 다시 없을 귀중한 경험을 선사했다. 세상 무엇보다도 육아가 가장 값지고 힘든 일인 것을 24시간 내내 온몸으로 체득했다고나 할까. 무엇보다 아빠로서 육아에 적극적으로 동참할 수 있었고 그 결과 엄마보다 아빠에게 우선으로 의지하는 아들의 모습을 볼 수 있었다. 그렇게 나는 육아의 참맛을 잠시 뒤로 미루고 일터로 돌아갔다.

그런 아빠의 모습을 보고 선물을 주고 싶었던 것일까. 8월 말미부터 아들은 서서히 걸음마를 연습하기 시작했다. 내심 출근할 때 아들이 걸어 나와서 인사하는 것을 기대했던지라 조만간 그 꿈이 이뤄지겠구나라고 생각했다. 검색해 보니 국민 걸음마 보조기라는 것이 있단다. 그래서 아들이 좀 더 자유롭고 안전하게 걸음마를 연습할 수 있도록 걸음마 보조기를 구매했다. 그날부터 아들은 걸음마 보조기를 홀로 연구하며 걸음마 배우기에 힘썼다.

그렇게 뜨거운

여름이 가고 가을이 다가온다.

우리 아들이 세상과 첫 만남한

바로 그 가을 말이다.

제3장

첫돌 그리고 곧 첫째가 될 너

제12화

돌 치레가 뭐길래 이리도

6개월간의 육아휴직을 마치고 학교로 돌아왔다. 맡은 교과는 4학년 음악. 업무는 영재 업무였다. 수년간 학년부장과 특수부장을 겸했던 터라 맡은 과목과 업무의 부담은 크지 않았다. 하지만 음악 교과 특성상 아이들의 음악적 역량을 기르고 일상생활에서 즐겁게 음악을 자유로이 향유할 수 있는 능력을 길러 주고 싶었다. 그래서 택한 것이 빈 한 귀퉁이에 먼지가 뽀얗게 쌓여 있는 디제잉 기계들이었다. 코로나 시국이 지속되어 대면 수업과 비대면 수업을 병행하던 시기. 비대면 수업 때는 패들렛, e학습터, 뉴쌤 등의 플랫폼을 활용해 교과서 제재 곡을 익혔고 대면 수업 때는 학생들이 좋아하는 음악을 디제잉 기계를 활용해 직접 플레이할 수 있도록 했다. 그렇게 나는 몇 개월간의 공백이 무색할 정도로 교직 생활에 금세 적응했고 그 과정은 생각보다 수월했다.

그렇게 수업을 끝내고 교재연구까지 마무리하면 오후 2시 40분. 별다른 회의나 연수가 없는 날에는 매일 2시간씩 주어지는 육아시간을 쓰고 이른 귀가를 할 수 있다. 좋은 말로 할 때 귀가이지만 이제 육아대디로 거듭난 이상 귀가가 아니라, 온 앤 오프라고 하는 편이 낫다. 말 그대로 학교에서의 업무 버튼은 off하고 아빠로서의 업무를 on하는 것이다. 그렇게 집에 돌아오면 이제 제법 배가 부른 와이프와 걸음마 연습을 하는 아들이 있다. 9월이긴 하지만 3~4시경은 아직 무덥기에 실내에서 함께 놀 수 있는 공간을 찾아보기로 했다. 때마침 우리 동네 근처에 실내 동물원이 새로 생겼다는 소식을 들어서 한번 가 보기로 했다.

1층은 실내 동물원으로 도롱뇽, 풍뎅이, 토끼 등의 작은 동물부터 알파카 등의 큰 동물까지 여러 종의 동물을 마주할 수 있었다. 그리고 2층에는 베이커리 카페와 200명가량 동시 수용이 가능한 키즈 카페가 있었다. 얼마 전까지 건물 자체가 공실이 많아 평일 이 시간에는 다니는 사람이 없어 휑했다. 을씨년스럽기까지 했던 이곳에 왁자지껄한 아이들 소리를 들으니 사람 사는 동네 같아서 좋았다. 동물원에 들어간 아들은 30분 정도 여기저기를 돌아다니며 주변을 탐색하기 시작했다. 그러다 만난 토끼, 햄스터 등은 시큰둥하단 듯이 그냥 지나쳤다. 알파카와 같이 큰 동물 앞에선 소스라치게 놀라 아빠 품으로 뛰어 들어왔다. 아직 동물들과 친해지기에는 아들이 너무 어린 듯했다. 그래서 대안으로 찾은 키즈 카페. 볼풀공과 슬라이드 등을 보니 아들의 텐션이 확연히 달라진 게 느껴졌다. 알록달록한 블록 상자에 관심을 두고 조금씩 놀기 시작하는 모습을 보니 오늘은 그냥 여기서 놀아야겠다고 생각했다.

그러던 어느 날 밤, 아들이 화들짝 깨더니 집이 떠나가라 꺼이꺼이 운다. 근래에 이렇게 서럽게 운 적이 없어 당황해하며 몸을 만져 보니 불덩이 같았다. 체온계를 급히 찾아 열을 재어 보니 열이 40도 가까이 올라와 있다. 코로나 양성인가, 응급실에 가야 하나, 해열제로 일단 열을 잠재울까 오만 가지 생각이 머리를 스쳐 지나갔고 우선 가제 수건에 찬물을 적셔 온몸 구석구석 닦아 주었다. 그리고 창문을 열어 환기를 시킨 다음 와이프가 가지고 온 해열제를 먹이고 다시 고요함이 감돌 때까지 아들을 하염없이 안아 주었다. 그렇게 30~40분이 지났을까. 울 힘조차 없을 정도로 녹초가 된 아들은 완전 파김치가 되어 잠이 들었다. 그러나 좀처럼 쉬이 잠들지 못하고 2~3번은 더 자다 깨기를 반복하며 힘들어했다. 그리고 다음 날 오후, 병원을 다녀온 와이프가 안도의 한숨을 쉬며 이렇게 말했다.

"코로나 양성인 줄 알았는데 돌 발진이래.
이맘때 아기들은 다 한 번씩 겪는 성장통이래."

살면서 처음 듣는 단어였다. 돌 발진이란 일명 '돌치레'라고, 으레 알려진 육아 용어다. 생후 12개월을 전후로 해서 온몸에 물집이 난 것처럼 발진이 일어나고 원인 불명의 고열을 동반한 증상을 말한다. 전날 그렇게 잠도 제대로 못 자고 고생한 아들의 몸에는 머리끝부터 발끝까지 빨간 점들이 가득했다. 아기들이 이 시기에는 꼭 한 번씩 겪는 성장통 같은 현상으로 크게 걱정하지 않아도 된단다. 이 과정을 겪어야 면역력이 한껏 상승하고 추후에 잔병치레를 덜 하게 되어 오히려 겪으면 좋다고 한다. 그렇게 한껏 돌 발진을 겪은 아들은 다음 날 언제 그랬냐는 듯 컨디션을 회복했다. 그리고 정말 희한하게도 온몸을 휘감고 있던 빨간 점박이들이 거짓말처럼 사라졌다.

   누구보다 아프고 괴로워했을 아들을 위로하듯 민족 대명절인 추석이 곧바로 찾아왔다. 코로나 시국과 사회적 거리 두기로 전반적인 사회 분위기는 가라앉았다. 그러나 우리 아들의 텐션은 이러한 추석 분위기를 끌어올리기에 충분했다. 아들은 걸음마 보조기를 거의 한 몸인 양 지니고 다니면서 처가댁과 본가 여기저기를 들쑤시고 다녔기 때문이다. 이제 제법 허벅지와 종아리에 균형감이 생겨 발을 딛는 모습도 일반 사람들의 그것과 비슷하다. 때마침 처가댁이 주상복합 아파트

라서 상가동 주변 걸어 다닐 수 있는 장소가 꽤 많았다. 아들 걸음마 훈련도 시킬 겸 틈만 나면 이곳을 데리고 갔고 아들은 물 만난 고기처럼 걸음마 연습을 적극적으로 할 수 있었다.

그렇게 마주한 9월이 지나가고 드디어 우리 아들이 태어난 10월이 다가오고 있었다. 우리 아들의 첫 번째 생일을 어떻게 기념하면 좋을지 즐거운 고민을 했다. 블로그나 주변 육아 선배들의 조언을 종합해 좋은 장소를 물색하고 아들이 생일 때 입으면 어울릴 모자와 의상, 신발 등을 고르던 그때. 와이프가 손뼉을 치며 소리를 냈는지, 소리를 내며 손뼉을 쳤는지도 모를 텐션으로 말한다.

"여보! 아들 걷는다!"

제13화

아들, 첫돌 축하해
(feat. 돌끝맘 아니고 돌끝빠?)

이제 제법 날씨가 아침저녁으로 스산하다. 땀이 워낙 많은 나를 제외한 대부분의 사람이 얇은 긴팔과 재킷을 입고 다닌다. 늘 몸이 따뜻해야 하는 아들은 얼마 전부터 새로 장만한 패딩과 청바지를 입고 다닌다. 그와 동시에 우리 부부의 고민은 늘어 갔다. 아들의 첫 돌맞이 행사 때문이었다. 근처 유아용 행사 전문 의상점에 가서 돌맞이 행사에 입힐 모자와 의상을 골랐다. 낯선 상황과 장소에 대한 경계가 다소 높은 아들임에도 불구하고 처음 입는 연미복을 굉장히 마음에 들어 했다. 짜식, 너도 좋은 게 뭔지 벌써 아는구나.

행사 장소는 본가와 처가댁이 가장 모이기 좋은 중간 지점으로 정하기로 했다. 본가인 고양시와 처가댁인 하남시 사이에 적합한 장소, 그리고 코로나 시국이라 10인 이상의 행사를 대절할 수 있는 시설 좋은 호텔, 육아 스냅 전문 기사님이 돌맞이 행사를 따라다니며 사진 찍기 적합한 환경. 이 3박자를 모두 갖출 수 있을 것으로 우리 부부가 선정한 곳은 동대문에 있는 JW MARRIOTT 호텔이었다. What a coincidence!(아니, 이런 우연이!) 우리 아들이랑 이니셜이 같네. 여기에서 행사할 수밖에 없는 운명이라며 호들갑을 떨던 나를 와이프가 조심스레 말린다. 행사 당일 주인공인 아들은 역대급으로 펑펑 울며 행사장을 떠들썩하게 했다. 우여곡절 끝에 돌잡이 행사까지 다 마친 후에야 진정이 된 아들. 그제야 환하게 웃으며 사진도 찍고 맛있는 음식도 먹으며 자신의 첫 번째 생일을 만끽했다.

돌잔치를 무사히 마친 아들은 날이 갈수록 걸음마의 도사가 되었다. 지난달까지 분명 걸음마 연습을 하다 살짝 기어다니는 모습을 보였었는데 이제는 기는 법을 잊어버린 듯하다. 걸어서 다닐 수 있는 곳의 가짓수가 많아지면서 더 신경 쓸 일이 많아졌다. 예전 같으면 시도조차 하지 못했던 미니 정글짐이나 시소도 겁도 없이 달려가서 매달리기 시작한다. 어른들은 다니기 힘든 좁고 높이가 낮은 공간도 어찌 그리 잘 찾아서 다니는지. 아들 꽁무니만 졸졸 쫓아다니다 보면 어느새 땀범벅이 되어 있다. 그때 마침 육아 선배들이 했던 말이 생각났다.

애가 걷고 뛰어다니기 시작하면서
진정한 육아의 세계가 열릴지니.

그렇게 열심히 걷고 뛰는 아들에게 이유식은 이제 성에 차지 않는 듯했고 이번 달부터 일반식과 분유를 병행하기로 했다. 원래는 돌이 지나자마자 단유를 시작해 보고자 했었다. 그런데 밤잠 직전에 늘 분유를 찾았고 주지 않으면 너무 심하게 투정을 부렸다. 그래서 밤을 제외한 식사 때에 일반식을 많이 먹이기로 했다. 아들이 달걀은 늘 남기지 않고 잘 먹기에 달걀 요리를 자주 해 주었다. 덕분에 우리 부부도 달걀

장조림, 계란말이, 계란찜 등을 많이 먹게 되었고 원래 달걀을 좋아했던지라 크게 힘들지 않았다.

　가을이 깊어지는 소리가 커질수록 엄마 뱃속에서 둘째도 무럭무럭 자라나고 있었다. 추운 겨울이 되면 태어날 둘째에게도 오빠가 잘 자라고 있으니, 너도 엄마 뱃속에서 잘 지내고 있으라고 이야기해 주었다. 그렇게 21년의 10월이 저물어 가고 거리에선 벌써 크리스마스 캐럴이 들린다. 나는 아직 한낮에는 반소매를 입고 있는데 주변에선 겨울을 준비하다니. 그래, 얼른 겨울이 되어서 우리 둘째가 세상에 태어나는 모습을 마주하고 싶다. 그날을 위해 오늘도 아들과 신나는 하루를 보내야지.

아들! 부족한 엄마 아빠랑 1년 동안 함께하느라 고생했어.
생일 축하하고 다음 생일은 넷이 즐겁게 보내자.

제14화

말 타니 경마 잡히는 중

    말 타니 경마 잡히고 싶다는 속담이 있다. 지나가던 나그네가 길을 가다 우연히 말을 타고 가게 되었는데 그러다 보니 말을 부리는 마부까지 부려서 길을 가고 싶어 한다는 뜻이다. 한마디로 사람의 욕심은 끝이 없다는 것을 비유한 표현인데 요즘 우리 아들에게 아주 적절한 표현이다. 왜냐하면 돌맞이 행사 전후로 부쩍 걷고 뛰는 데 익숙해지다 보니 틈만 나면 집 밖에 자주 나가고 싶어 했기 때문이다. 한낮에는 밖에 나가 걷는 게 문제 되지 않았지만 그 외의 시간은 날씨가 많이 쌀쌀해진 탓에 오랫동안 걷기 쉽지 않았다. 그래서 찾은 곳이 동네에 있는 복합쇼핑몰이었다.

아들은 물 만난 고기처럼 쇼핑몰에 도착하자마자 자기를 걷게 해 달라며 아빠 품에서 버둥거린다. 진정한 자신만의 쇼 타임을 실행하기 위해서다. 쇼핑몰에 오니 신경 써야 할 것이 여간 한둘이 아니다. 우리 아들이 옷 가게에 가서 진열된 옷을 마구 훼손하지는 않을지, 침대나 소파에 뒹굴어 제품을 더럽히지는 않을지 걱정되었기 때문이다. 그렇게 해서 찾은 타협점이 바로 대형 스포츠용품점이었다. 아들은 알록달록한 공을 직접 손과 발로 만지고 굴리며 탐색하기도 하고 조그마한 트램펄린 위에 올라가 몸을 씰룩거리기도 했다. 오감을 통해 주어지는 자극을 스펀지처럼 흡수하는 재미를 본격적으로 느끼는 시기. 우리 부부는 그런 아들의 모습을 최대한 존중하기로 했다. 단, 다른 사람에게 피해를 주지 않는 선에서.

사람에 관한 관심도 부쩍 늘어나 동네 주변 이래저래 만나는 직원이나 아르바이트생에게 인사를 하기 시작한다. 정확하게 발음할 수는 없지만 억양과 강세 등에서 "안녕하세요."라는 말을 어렴풋이 해내는 것 같다. 그렇게 만나는 사람들

대부분에게 "안녕.", "바이바이." 등을 손을 흔들어 가며 적극적으로 표현하던 무렵. 우리 부부는 아들이 늘 모든 사람에게 그런 친절한 인사를 건네는 것은 아니라는 것을 알았다. 그럼 어떤 사람에게 가장 적극적으로 다가가느냐.

서비스 직종에 종사하며 생긋 웃는 모습이 인상적인
20대로 추정되는 단발머리 여성 직원.

아들은 카페를 가든, 음식점을 가든 남자 직원에게는 절대 먼저 인사하는 법이 없다. 손님을 친절하게 맞이하는 젊은 여성 직원들에게 적극적으로 관심을 표현하는 편이다. 특히 단발머리의 여성을 보면 버선발로 달려 나가 그 직원이 리액션을 해 줄 때까지 인사를 한다. 말 못 하는 아기일지라도 확실하게 자신만의 취향이 있다는 것을 알게 되었다. 정말이지 돈 주고 살 수 없는 경험이며, 오직 애를 키우는 부모들만 이런 것을 보고 느끼지 않을까 싶다.

거리 곳곳에서 이제 연말연시 분위기가 제법 물씬 느껴진다. 11월임에도 불구하고 크리스마스트리와 장신구들의 모습을 심심찮게 볼 수 있고 산타 할아버지를 부르는 캐럴이 흘러나오는 것도 들을 수 있다. 작년에는 태어난 지 채 100일이 되지 않아 집 안에서 누워만 있던 아들이었는데 벌써 이렇게 무럭무럭 자라서 연말연시 분위기를 함께 느낄 수 있다니. 아들도 거리 여기저기를 수놓고 있는 다양한 불빛과 장식을 보며 무척이나 즐거워했다. 그리고 우리 부부도 곧 맞이할 2번째 크리스마스를 어떻게 보내야 할지 고민이었다. 2021년의 끝이 보일수록, 엄마 배 속에서 자라고 있는 둘째의 탄생은 점점 다가오고 말이다.

때마침 와이프에게 걸려 오는 전화 한 통. 장인어른께서 전화하셨다.

"○○야, 너희 요즘에 아들 어린이집 알아보고 있다 안 그랬나?"

"네, 안 그래도 내년에 이제 만 1세 반 입학시키려고 알아보고 있어요."

"그래, 그렇게 듣고 나서 내가 주변에 한번 어린이집 알아보니까 아빠 아는 지인이 A아파트 단지 안에 있는 ○○○어린이집이 크고 좋다고 추천하더라. 여기 한 번 알아보는 게 좋겠구나."

아, 그리고 보니 우리 동네는 아이들이 많이 살아서

어린이집 구하기가 하늘의 별 따기라던데.

얼른 알아봐야지.

제15화

엄마 데리고 와,
아빠 하던 거 하고

2021년 12월, 추운 겨울에도 우리 아들은 걸음마를 쉬는 법이 없다. 눈이 펑펑 내린 어느 날, 아들은 처음 보는 눈의 모습을 보고 들뜬 마음에 열심히 밟아도 보고 헤집어도 보았다. 그렇게 놀기를 한 5분여간 했을까. 아들은 직접 맞이하는 인생 두 번째 겨울의 매서움을 온몸으로 느꼈나 보다. 차가운 눈이 주는 냉승이 바로 그것이다. 웬일로 무엇이든 관찰하고 행동하기 전에 오만가지 생각을 하는 아들이 아무런 견제 없이 눈을 맞이하더라니. 그렇게 아들을 부랴부랴 목도리 등으로 꽁꽁 싸매고 실내로 들어왔다. 눈이랑은 다음에 또 친해지면 되니까.

연말이라 그런지 여러 가지 파티 음식에 도전해 보고 싶은 욕심이 났다. 때마침 집에 오븐이 있어 연말 파티 분위기도 내면서 아들도 함께 먹을 수 있는 음식으로 '아란치니'를 생각해 냈다. 재료가 다양하면 다양할수록 더 맛있을 것 같아 갖가지 채소와 고기를 다져 정성껏 만들었다. 아들은 처음 먹어 보는 음식이지만 다행히 맛있게 잘 먹어 주었다. 요즘 한창 아들이 푹 빠져 있는 음식은 바로 딸기이다. 육아 선배 중 한 분이 "예민한 아이들은 밥상 앞에서 아주 묘기 대행진이야, 묘기 대행진. 우리 애는 돌 즈음에 딸기를 주면 어쩜 딸기 씨만 쏙쏙 걸러서 안 먹던지. 환장하는 줄 알았다니까."라며 성토했던 것이 떠올랐다. 다행히 우리 아들은 먹는 분야에서는 상대적으로 덜 예민하고 많이 먹는 편이라 딸기를 원하는 만큼 많이 줄 수 있어 좋았다.

연말연시 거리의 분위기를 느끼는 것을 참 좋아하지만, 장시간 밖에 오래 있기 힘들어하는 아들을 위해서 실내 활동 위주로 놀거리를 제공했다. 확실히 아들은 몇 달 전보다 키즈 카페에서 훨씬 자유롭고 신나게 시간을 보낼 줄 알게 되었다.

트램펄린을 직접 오르내리며 스스로 협응력과 균형감을 기를 줄도 알고, 미끄럼틀도 아빠의 도움 없이 알아서 타고 내려올 수 있을 정도로 자신감도 붙었다. 새로운 놀잇감을 마주할 때 항상 아빠 품에 안겨 두려움을 해소했던 아들의 모습은 온데간데없었다. 아들의 괄목상대할 만한 성장은 어찌 보면 우리 부부에게 주는 일종의 크리스마스 선물이었다.

그렇게 시간이 흘러 12월 31일. 장인어른과 처남이 아들을 데리고 남자끼리 근처 찜질방을 다녀오자고 하셨다. 인생 첫 찜질방인 만큼 처음부터 적응할 수 있겠느냐는 걱정을 가슴에 담고 찜질방으로 발길을 향했다. 아들은 찜질방이 주는 밝고 따뜻한 분위기에 금방 적응했고 20~30도 정도 되는 편백나무방 같은 곳에서 나름 인생 첫 사우나를 즐겼다. 잘 놀던 것도 잠시. 아들은 어느 순간 남자들만 함께히는 시간이 어색했는지 울기 시작했고 1시간이 채 못되어 밖으로 나가 엄마를 만나기를 원했다. 실은 요즘 아들이 유난히 엄마를 많이 찾는다. 언제 어디서든 아빠만 있으면 늘 안정을 취했고 아빠 품이 아니면 잠이 들지 않았던 아들이었는데 말이다. 돌 전후로 아들들은 엄마를 유난히 더 많이 의지하고 찾게 된다고 하던데 우리 아들도 예외는 아니었다.

그렇게 다사다난했던 2021년이 마무리되었다. 육아라는 것이 생각보다 육체적, 정신적으로 많은 스트레스를 준다는 것을 알게 되었다. 한편으론 혼자보다는 둘, 둘보다는 셋이 최고라는 생각을 하게 된 아주 의미 있는 한 해였다. 드디어 2022년이 새해가 밝았고 곧 있으면 둘째가 태어난다. 2021년보다 좀 더 풍성한 추억을 선사해 줄 2022년이 되길 기원하며 아들에게 한마디 건넨다. "Happy new year!"

그런데 얼른 아들 어린이집 알아봐야 되는데….

소식이 없네…. 어쩌지?

제16화

첫째는 어린이집에,
둘째는 곧 세상 밖에

2022년 새해 벽두부터 좋은 소식이 날아들었다. 천신만고 끝에 아들의 신학년도 어린이집 입소가 확정되었던 것. 차로 5분 거리에 있는 아파트 내 어린이집으로 7세 반까지 수용할 수 있으며 원아 규모가 7~80명 정도인 대형 어린이집으로 말이다. 우리 부부는 맞벌이 부부인 데다 곧 태어날 둘째가 있어 배정 점수가 높았기에 타이밍 좋게 입소할 수 있었다. 우리 부부는 부지런히 입소 절차를 숙지하여 영유아 검진 결과서, 입소신청서, 건강보험자격득실확인서 등의 서류를 챙겼다. 그리고 주변 육아 선배들의 조언을 토대로 이른바 '등원 룩'과 '등원 준비물'을 찾아보며 나름 아들의 입소 준비를 즐겼다.

그렇게 좋은 소식을 들은 후 우리 가족은 겨울 여행을 떠났다. 셋이 떠나는 마지막 여행이자 네 식구가 됨을 기대하는 마음으로 말이다. 겨울 바다가 주는 매력을 마음껏 누리기 위해 동해, 그중에서도 강릉으로 향했다. 굳이 강릉을 고른 이유는 한 번쯤 머무르고 싶다고 생각했으나 늘 방이 없어 아쉬워했던 'L 리조트'를 예약하는 데 성공했기 때문이다. 숙소의 퀄리티나 쾌적함은 여느 5성급 호텔과 비슷했으며 성수기의 반값에 준하는 가격으로 머무를 수 있어 여러모로 안성맞춤이었다.

아들과 1박 2일간 파도도 보고, 모래놀이도 하면서 즐거운 여정을 보내고 집으로 돌아왔다. 그랬더니 집에 엄청나게 큰 박스가 도착해 있었다. 바로 둘째를 위한 기저귀 갈이대였다. 아들과는 달리 둘째는 기저귀 갈이대를 활용해 키워 보고 싶은 로망이 있어 주문했다. 육아를 해 보니 제일 중요한 것이 자세, 그중에서도 특히 허리에 무리를 주지 않는 것인 것을 알게 되었다. 덕분에 둘째를 눕히거나 일으켜 세울 때 매트리스에 비해서 훨씬 허리가 덜 아플 것 같은 느낌이 들었다. 역시 육아는 아이템빨.

그리고 1월의 어느 마지막 날, 와이프의 순산을 기원함과 동시에 생일 선물을 사기 위해 정말 오랜만에 교외의 아울렛을 방문했다. 아울렛에 가서 와이프가 평소에 눈여겨보고 있던 가방을 선물로 사 주었다. 지금은 외벌이라 아울렛에서 가방을 사 주지만 나중에 아이들 키우면서 형편이 조금 더 나아지면 백화점 매장 가서 사 주겠다고 약속했다. 넉넉하지 않지만 우리 아기들도 하고 싶다고 하는 것은 다 시켜 주리라는 다짐과 함께. 지금도 와이프는 신혼여행 예물로 사 준 가방보다 저 가방을 출퇴근할 때 더 자주 매고 다닌다. 이 가방을 사 준 것은 오빠지만 이 가방을 선물할 기회를 마련해 준 것은 우리 둘째 덕분이라며.

복댕아, 이제 진짜 며칠 안 남았구나.

건강하게 태어나 주렴.

나머지는 아빠가 알아서 할게.

제4장

두 자식 상팔자

제17화

딸바보 아빠,
엄마바라기 아들

 2022년 2월 11일, 오후 8시 20분. 사랑하는 우리 둘째 딸이 건강하고 어여쁜 모습으로 세상과 마주했다. 예정일에 비해 10일 정도 빨리 태어나 면역력이 다소 떨어지면 어떡하느냐고 걱정했다. 하지만 호랑이의 기운을 머금은 딸의 첫인상은 상당히 강렬했다. 태어난 지 하루밖에 안 되었지만, 눈빛에서 흘러나오는 기상이 남다르다는 것을 알 수 있었다.

 "여보, 우리 딸 호랑이해에 태어나서 그런지 호랑이 기운이 느껴지는 것 같아."

 "우리 사랑스럽고 예쁜 딸에 호랑이라니~"

 "아, 물론 그렇긴 한데…. 아무튼 큰 인물이 될 것 같다는 뜻이지~!"

그렇게 딸은 신생아실에서 시간을 보내고 하루 2번 정도 예정되어 있는 모자동실 시간에만 엄마와 시간을 보내게 되었다. 나는 첫째에 이어 둘째도 제왕절개로 출산하게 된 와이프를 보필하기 위해 산모실로 발걸음을 옮겼다. 코로나 기간이라 20년도와 마찬가지로 보호자 1인만 입실할 수 있었다. 그래서 우리 부부는 5일간 첫째를 처가댁에 맡기고 입원실에 함께 머물렀다. 그 이후 나머지 9일 정도의 시간은 와이프 혼자 조리원에 있고 나와 아들이 함께 집에서 생활하기로 했다.

처음 하루 이틀은 그간의 육아에서 잠시 해방된 듯한 느낌을 받았다. 때마침 열린 베이징 동계올림픽을 하루 종일 보다 보니 사람이 너무 늘어지게 되고 그럴 때마다 계속 첫째가 눈에 밟혔다. 그렇게 5일이 지난 후, 처가댁에서 할머니, 할아버지와 시간을 보낸 아들을 데리러 갔다. 아들은 기다렸다는 듯이 아빠 품으로 달려왔고 장인·장모님께 5일 동안 아들 돌봐 주셔서 감사하다고 인사를 드렸다. 왜냐하면 교대로 연차를 사용하시면서까지 첫째를 보살펴 주셨기 때문이다. 앞으로 와이프 퇴원까지 9일의 시간을 아들과 오롯이 보내게 되었지만, 큰 걱정은 하지 않았다. 왜냐하면 6개월의 육아휴직을 포함, 아들은 엄마보다 아빠랑 더 돈독한 시간을 많이 보냈기 때문이다.

그러나 이게 웬걸. 며칠 뒤 새벽에 갑자기 잠에서 깬 아들이 대성통곡하며 엄마를 찾기 시작했다. 울고 있는 아들을 어르고 달래며 사정을 설명해 보았지만, 한 번 울음보가 터진 아들의 눈물샘은 마르지 않았다. 도저히 진정될 기미가 보이지 않아 아들을 유모차에 태우고 곧바로 집 앞 10분 거리의 처가댁으로 향했다. 새벽 3시가 넘은 시각 갑자기 찾아온 사위의 자초지종을 들은 장인·장모님께서는 함께 아들을 달래 주셨고 그제야 아들은 안도의 한숨을 내쉬며 잠자리에 들었다.

이제 아들의 1순위는 내가 아닌 모양이다.
엄마가 지금 당장 돌아올 순 없으니

서둘러 방법을 찾아야 한다.

계속 처가댁의 육아에 기대는 것도 죄송하고 미안한 마음이 들어 플랜B를 얼른 가동해야 하는 시점이었다. 그리하여 나는 본가에 연락해 아들과 함께 시간을 보내 달라고 부탁드렸고 엄마는 흔쾌히 수락해 주셨다. 친가에서 숙식을 해결한 적이 없던 아들은 처음에 다소 적응하는 데 힘들어했다. 그러나 친할아버지와 친할머니의 꾸준한 노력과 관심에 조금씩 마음을 터놓기 시작했다. 그리하여 와이프가 집으로 돌아오기 전까지 아들은 이곳에서 별 탈 없이 잘 지냈다. 그전에는 본가에 아들을 데리고 간 적이 별로 없어 아들이 친할머니, 친할아버지를 낯설어했었다. 불행 중 다행으로 이때를 계기로 하여 아들은 친가에 가도 어색한 기색 하나 없이 잘 지낼 수 있게 되었다.

와이프가 조리원에서 퇴소한 날, 우리 식구는 14일 만에 완전체가 되었다. 그 이후부터 아들은 엄마의 부재에 대한 불안과 긴장감을 늘 마음속에 간직하며 사는 듯했다. 아빠

껌딱지였던 아들의 모습은 온데간데없고 엄마가 잠시라도 눈앞에서 멀어지면 눈빛이 흔들리며 울먹거리는 모습을 보이기 시작했기 때문이다. 그런 아들의 모습을 보니 몸은 편했지만, 마음은 조금 짠했다. 그렇다고 아들의 급변하는 모습에 서운하거나 아빠로서의 소임을 다 하지 못했다는 식의 자책감은 없었다. 오히려 육아의 꽃이라 할 수 있는 신생아 시기의 둘째를 도맡아서 케어하면 되기 때문에 좋다고 생각했다. 다시 작년 이맘때쯤 작성했던 육아일지를 꺼내어 복기하고 '밤잠은 이제 다 잤구나. 나는 통잠이라는 걸 못 자는 사람이다.'라고 최면을 걸어 마음의 준비를 공고히 했다.

다행히 아들은 둘째를 예뻐해 주었고 분유도 스스로 먹여 주는 등 질투나 반목이 아닌 애정을 주려고 애쓰는 모습을 보여 주었다. 가족에 대한 인식은 분명하지 않았으나 그래도 동생이라는 존재에 대해 조금씩 인정을 한 것이다. 그렇게 우리 부부는 16개월, 나름 연년생 터울이지만 법적으로는 두 살 차이가 나는 아들과 딸의 부모가 되었고 아들은 이제 첫째라는 타이틀을 엉겁결에 가지며 살게 되었다. 즐거운 하루를 보내고 이제는 잘 시간. 아들의 행동거지가 다소 이상하다. 자꾸 둘째와 현관문을 번갈아 가리키며 소리를 지른다. 어리둥절해하는 와이프의 모습과 달리 나는 아들이 무슨 말을 하는지 한 번에 해석할 수 있었다.

"아가도 이제 집에 가서 자야 하니까 아가네 집으로 보내 주자!"

속으로 웃음이 새어 나오는 걸 억지로 밀어 넣으며 아들에게 우리 이제 넷이 다 같이 자는 거라고 설명해 주었으나 이해하지 못하고 울기 시작했다. 앞으로 동생도 함께 우리 집에서 생활하리라는 것을 잘 설명해 줘야겠다고 생각했다.

다음 달부터는 첫째가 어린이집에 가네. 잘 적응할 수 있겠지?

제18화

◁

그땐 미처 알지 못했지

2022년 3월 첫날, 우리 첫째 아들은 인생 첫 어린이집 등원을 하게 된다. 어린이집은 차로 5분 거리에 있는 아파트 내에 자리한 민간 시설이다. 7세 반까지 포함하여 총 70여 명의 원아가 다니는 곳인데 동네에서 나름대로 인기 있는 곳이었다. 우리 아들은 만 1세 반 원아들이 속해 있는 '달콤 3반'에 배정받았다. 그리고 3월 한 달 내 적응시키는 것을 목표로 담임선생님의 단계적 접근 방식을 따르기로 했다. 이를테면 첫 주는 오전 10시까지, 두 번째 주는 점심 식사까지, 세 번째 주는 낮잠 시간까지 서서히 머무르는 시간을 차차 늘려 가는 방식이었다. 10월생으로 반에서뿐만 아니라 어린이

제4장 두 자식 상팔자   123

집 통틀어서 제일 막내인 아들은 어린이집에서 몹시 힘들어했다. 아들의 일과를 담은 사진 중 대부분은 담임선생님의 품속에서 울고 있는 모습이었다. 코로나가 한창인데 홀로 마스크도 안 쓴 상태로 말이다. 다행히도 담임선생님의 헌신과 사랑으로 아들은 서서히 적응하는 모습을 보였다.

첫째가 한창 어린이집에서 새로운 환경에 적응하기 위해 애를 쓸 무렵, 집에서는 또 하나의 생명체가 세상에 적응하기 위해 노력하고 있었다. 아빠로서 내가 할 일은 1년 반 전에 했던 루틴을 다시 한번 복기하는 것. 분유 타서 먹이고, 기저귀 갈고, 씻기고 재우는 행동을 하면 그만이지만 제일 중요한 것은 둘째가 나를 온전히 믿고 의지하느냐의 문제였다. 그리하여 그야말로 '맨투맨 육아'를 실행에 옮겼고 둘째와 관련된 모든 육아 과업은 내가 1:1로 해결했다. 그렇게 매일 4~5시간씩 쪽잠을 자며 새벽 수유까지 도맡았던 덕분인지 둘째는 아빠를 전적으로 믿어 주었다. 그리하여 와이프는 아들, 나는 딸을 집중적으로 관리하는 이른바 '맨투맨 육아'를 할 수 있게 되었다. 하나만 키울 땐 오늘 육아에 대한 반

성의 시간을 가질 여유가 있었는데 확실히 둘째가 생기고 나니 그럴 짬이 쉽사리 나지 않았다. 그저 덮어놓고 키웠다고 생각하는 편이 이해하기 수월하리라. 그렇게 눈만 뜨면 육아하고 아기들이 잠들면 함께 잠자는 생활을 반복하던 무렵, 아뿔싸. 터지면 안 된다고 생각했던 일이 결국엔 터져 버렸다. 그렇다. 우리 가족은 모두 코로나바이러스에 걸려 버린 것이다.

첫째가 고열과 설사로 코로나바이러스 증상을 보이더니 차례대로 와이프와 내가 장염을 동반한 몸살에 쓰러졌다. 급기야는 태어난 지 이제 한 달을 갓 넘긴 막내까지도 코로나 양성 반응을 보였다. 유경험자들의 말에 따르면 이렇게 온 가족이 한꺼번에 코로나 감염하는 것이 오히려 불행 중 다행이라고 말한다. 왜냐하면 한꺼번에 격리하고 다시 한꺼번에 일상으로 복귀하면 그만이기 때문이다. 그렇지 않으면 코로나로 온 가족이 2~3달간 고생하는 때도 생길 수 있다고 주변에서 말한다. 그것보단 낫다고 생각하며 7일 동안 꼼짝하지 않고 육아하도록 하늘이 배려하신 것으로 생각했다. 그렇게 주말 포함 10일간 결근하며 회복에 힘쓴 결과, 다행히 그 이후에 백신의 부작용이나 재감염 없이 모두 각자의 일상으로 복귀할 수 있었다.

그렇게 사상 초유의 바이러스를 뚫고 태어난 우리 아가들은 트렌디하게 하루 30만 명씩 무더기로 걸리는 바이러스 감염에 합류했고 그것들을 이겨 냈다. 그 이후 남은 3월 우리 아가들의 텐션은 놀라울 정도로 상승했고 우리 부부는 그것들을 온전히 이해하고 수용하는 데 에너지를 총동원했다. 생존 방식을 나름 마련하지 않으면 제대로 된 육아가 어렵겠다고 판단한 우리 부부는 고심 끝에 살길을 찾아냈다.

여보도 살고 나도 살려면 이 방법밖에 없다.

우선 루틴을 최대한 공고히 하기로 했다. 첫째 하원과 동시에 씻기고 5시가량 이른 저녁을 먹는다. 그리고 그 후에 첫째는 걸음마로, 둘째는 유모차를 타고 동네 주변을 산책하거나 10분 거리 남짓한 처가댁을 방문한다. 그렇게 8시 정도까지 시간을 보낸 후 곧바로 아이들을 씻기고 옷을 갈아입힌 후에 분유 타임을 가진다. 그리고 9시부터 수면 의식을 가지고 취침 모드에 들어가는 것. 이 일련의 과정을 아가들이 울며 보채도, 너무 기분이 좋아 잠들기 싫어 보여도 꾸준히 적응시키기로 한 것이다.

우리의 바람이 나름 적중했을까. 첫째와 둘째 모두 늦어도 10시가 되면 모두 밤잠을 자기 시작한 것이다. 물론 첫째는 태생적으로 먹고 자는 게 힘든 아이고 둘째는 너무 어리다 보니 새벽 수유가 불가피할 것이다. 그러나 어쨌든 루틴을 형성한 것과 하지 않은 것의 차이는 분명하다. 그렇기에 우리 부부는 아가들이 차근차근히 루틴에 적응할 수 있도록 노력해야 했고 묵묵히 견디다 보니 효과를 발휘하기 시작했다. 그렇게 3월 한 달은 온 가족이 '석응'이라는 키워드 하나에 집중하며 보냈고 그러다 보니 보이지 않던 요소들이 서서히 보이기 시작했다. 바로 집이 너무 비좁다는 것.

"여보, 애들 방이 너무 붙어 있고 문도 미닫이라 새벽에 우는 소리에 서로 깰 것 같은데 괜찮을까?"

"여보, 둘째 기저귀 갈이대랑 수납장도 하나 들여놔야 할 것 같
은데 이 집에선 힘들겠지?"

"그러면 우리 4월부터 조금씩 집을 알아보자. 이 집 정리하고
좀 넓혀서 이사해야지, 뭐."

"어디로 알아보지?"

어…? 그러고 보니 우리 아들 어린이집 있는 단지로 알아볼까?

그러면 바로 걸어서 등·하원하면 되잖아?

제19화

남매 육아는 시작부터 달라, 달라

　4월의 첫날부터 우리 부부는 줄기차게 부동산 정보를 알아보기 시작했다. 두 아이를 데리고 온전한 육아를 하기 위해서는 지금 살고 있는 집은 교육 여건이 그다지 좋지 않았기 때문이다. 첫째 어린이집까지 집에서 차로 5분 거리라고 하지만 갓난아기인 둘째까지 함께 데리고 왔다 갔다 해야 했기 때문에 그 시간과 노력이 몇 곱절은 더 들어갔다. 그리고 하원 이후 놀이터라도 근처에 있어야 첫째가 뛰어놀고 할 텐데 집 주변에는 그런 시설이 마땅히 존재하지 않았다. 걸어서 10분 정도 가면 아파트 단지가 몇 개 나오긴 했지만 거기까지 가는 길도 온통 배달 오토바이와 킥보드가 왕래하기에 안

전상에도 문제가 많았다. 이렇게 여러 가지 이유로 인해 되도록 빨리 살고 있는 집을 정리하고 이사를 하고 싶었다. 그래서 4월은 하원 이후 어린이집 주변에 나와 있는 매물을 직접 임장하고 저녁을 근처에서 먹으면서 와이프와 대안을 논의하는 데 주력했다.

우리 부부가 한창 이사할 곳을 알아보고 있는 사이 첫째와 둘째는 꽤 깊이 친해졌다. 지난달과는 달리 첫째는 동생의 존재에 대해서 깊은 관심과 애정을 보였다. 둘째도 첫째가 와서 손을 잡거나 머리를 쓰다듬으면 웃어 주며 보는 이들의 가슴을 뭉클하게 했다. 아빠로서 오전 시간을 온전하게 육아에 전념하지는 못했지만, 육아 시간을 사용하여 집에 돌아오는 3시 30분부터 다음 날 출근하기 전까지는 오롯이 두 아이와 시간을 보냈다. 확실히 첫째 혼자 키울 때보다는 몇 배 더 체력적으로 힘들었으나 마음만큼은 늘 뿌듯하다.

첫째는 지난달에 비해서 어린이집에서 활짝 웃는 모습이 많아졌다. 새로운 환경 속에서 어색하고 두려웠을 텐데 씩씩하고 늠름하게 적응 중이다. 어린이집 통틀어 가장 막내여서 그런지 다른 반 선배들과 선생님들로부터 사랑을 독차지하고 있다. 퇴근 후 와이프를 대신해 항상 첫째를 데리러 가는데 인사도 잘하고 신발도 스스로 신으려고 하는 모습에서 잘 자라고 있다는 것을 느낄 수 있었다. 하원 후 차에서 오늘 뭐 했는지, 누구를 만났는지 물어보면 첫째는 나름의 방식대로 설명하려고 노력했고 그 모습을 옆에서 지켜보는 것만으로도 아빠로서 흐뭇했다.

그러던 어느 날, 부동산에서 연락이 왔다. 우리 집에 관심이 있다는 분이 있다고. 곧 결혼을 앞둔 예비 신혼부부가 직접 우리 집을 보더니 집이 꽤 마음에 들었단다. 이사 일정을 의논한 결과 6월 중순으로 가닥을 잡는 게 어떻겠냐는 제안을 받았다. 우리 부부도 그때까지는 충분히 대비할 시간이 있어 그분들의 의견에 동의했다. 확실히 우리 집이 식당, 마트, 병원, 지하철역 등의 주변 인프라 구성이 굉장히 잘되어 있기에 생각보다 거래가 수월하게 되었던 것 같다. 일이 일사천리로 잘 진행되려고 그랬던 것일까. 우리 집을 정리하는 시기와 맞물려 이사 갈 집도 조건에 맞게 잘 찾았다. 집의 크기는 두 아이를 키우는 데 전혀 무리가 없었고 무엇보다도 어린이집까지 걸어서 2분밖에 걸리지 않는다는 게 좋았다.

그사이 둘째는 무럭무럭 자라 제법 딸의 모습을 갖추기 시작했다. 첫째가 아들이라 그랬는지 머리띠나 모자, 머리핀 등의 액세서리가 주는 매력을 잘 느끼지 못했는데 둘째를 키우면서 생각의 패러다임이 바뀌기 시작했다. 늘 티셔츠와 바지를 갈아입히다가 치마를 입히고 머리띠 장식까지 하다 보니 왜 '인형 놀이 세트' 같은 것이 인기가 있는지 이해할 수 있게 되었다. 또한 먹고 자는 게 힘들었던 첫째와는 달리 둘째는 생후 2개월 만에 자신만의 확고한 생활 패턴을 장착하기 시작했다. 이를테면 '120ml 분유 정량을 철저하게 지키기', '오전 1회, 오후 1회 1시간씩 수면', '밤잠은 항상 9시에 자기' 등의 루틴이 그것이다. 육아하는 데 있어 어려운 점 중 하나가 불확실성인데 둘째는 그런 걱정을 덜어 주어서 다행이었다.

그렇게 4월의 다양한 이벤트를 마치고 5월을 준비하는 어느 주말, 처가댁에서 아들을 위해 킥보드를 선물로 보내 주셨다. 다음 달에 있을 어린이날을 맞아 미리 선물을 보내 주신 것이었다. 그러고 보니 첫째 또래 아이들은 저마다 하나씩 킥보드를 타고 노는 것을 자주 보았던 것 같다. 아들은 처음 보는 킥보드를 혼자 이리저리 탐색하고 좌우로 왔다 갔다 움직여 보면서 신기해했다. 하원 후 야외 활동하기 참 좋은 날씨가 많아졌기에 앞으로 킥보드 연습하러 자주 외출해야겠다고 생각했다. 이사 그리고 아가들의 폭풍 성장 등으로 싱숭생숭했던 2022년의 4월도 그렇게 마무리되어 갔다.

제20화

이제 진짜 가정의 달을 만끽하네

5월의 첫 주부터 키즈노트에 첫째가 우는 모습이 많이 담겨서 전달되었다. 여느 부모 같았으면 우는 아이의 모습을 보고 깊은 걱정과 심려에 빠져 있을 테지만 아빠의 생각은 조금 달랐다. 우는 이유가 하나같이 상상을 초월하는 귀엽고 재치 있는 것들이었기 때문이다.

1. 어버이날 기념사진을 촬영해야 하는데
머리띠가 마음에 안 들어서.

2. 사회자가 처음 보는 사람인 데다 지나치게 시끄럽게 굴어서.

3. 봄 소풍 맞이로 큰 공 굴리기를 하기로 했는데 공이 너무 커서.

그렇게 하루를 마치고 첫째가 집으로 돌아오면 "오늘도 어린이집에서 열심히 공부하느라 애썼구나.", "처음 보는 선생님의 목소리가 너무 시끄러워서 지우가 매우 슬펐구나.", "처음 보는 공이 너무 커서 당황해서 울었구나."라며 아픈 마음을 추스를 수 있도록 매일 위로해 주었다. 이유가 어찌 되었든 첫째가 슬퍼했던 것은 분명히 맞고 그 부분을 잘 달래 주어야만 또 내일 즐거운 마음으로 어린이집에 갈 수 있을 테니 말이다….

둘째는 오늘도 오전에 집에서 즐거운 시간을 보낸다. 100일 남짓 자란 둘째에게서 느낄 수 있는 가장 큰 특징은 첫째와 달라도 너무 다르다는 것이었다. 우선 새벽 수유와 젖꼭지를 대하는 자세가 확연히 달랐다. 첫째는 하루에 적어도 2~3번은 꼭 밤 수유를 했고 단 20~30㎖리도 모지라게 먹으면 편하게 잠들지 못했다. 반면 둘째는 새벽에 일어나 분유를 먹는 것을 일절 거부했다. '어허, 누가 새벽에 자다 말고 음식을 먹나. 아침에 먹지.'라고 말하는 듯했다. 또한 첫째는 젖꼭지에 대한 애착이 심해 잘 때도 젖꼭지를 물려줬는데 둘째는 절대 젖꼭지를 빨지 않는다. 치발기는 몇 번의 설득 끝에 한두 개 정도는 써 주었는데 젖꼭지는 절대 쓰지 않겠다는 둘째. 같은 배에서 태어난 두 꼬마는 벌써부터 다른 취향을 남다른 모습으로 선보이기 시작했다.

또 다른 점은 발달하는 근육의 종류와 놀잇감에 대한 태도였다. 첫째는 대근육 위주로 성장이 시작되다 보니 허리와 허벅지가 우선으로 발달했다. 그래서 그런지 '쏘서', '아기 체육관' 등 몸을 쓰는 활동을 해야 직성이 풀리는 성격이었다. 그래서 우리 부부는 당연히 첫째의 기억이 있기에 둘째에게도 같은 놀잇감을 제공해서 놀게 했다. 그러나 이게 웬걸. 첫째가 갖고 놀던 것은 전혀 관심이 없다는 듯한 눈길을 보내는 게 아닌가. 둘째는 딸이라서 그런지 모르겠지만 소근육이 우선으로 발달하여 머리띠, 모빌 등에 더 관심이 많았던 것이다. 그리고 본인이 놀잇감을 적극적으로 가지고 놀기보다는 놀잇감으로부터 편하게 휴식을 취하려는 제스처가 훨씬 많았다. 그래서 둘째는 100일쯤까지 주로 '바운서'에서 누워 세상을 관조하였다.

눈 깜짝할 새 맞이한 둘째의 100일 행사는 첫째와 마찬가지로 본가와 처가댁으로 2번에 나누어 똑같이 실시했다. 첫째, 둘째 구별하지 않고 식순과 대여 물품, 규모는 첫째의 그것과 비교했을 때 전혀 모자라지 않도록 해 주었다. 불과 1년 반 전에 했던 일인데도 불구하고 처음 하는 것처럼 묘한 감동과 아련함이 밀려왔다. 대여 의상이 첫째의 그것과 비교했을 때 좀 더 따뜻하고 포근한 느낌을 가져다주었기 때문이었을까. 확실히 여자 아기의 옷이 더 가짓수도 많고 퀄리티도 좋다. 첫째는 작년에 자신이 주인공이었던 것을 잊은 채 행사 테이블 주변을 돌아다니며 홀로 즐거워했다.

하나보다 둘을 낳기를 잘했다.

그렇게 가성의 날 5월에 둘째 100일 행사까지 힌꺼번에 미주하니 비로소 4인 가족이 되었음을 실감할 수 있었다. 어린이집에 잘 적응해서 3개월 남짓 큰 무리 없이 잘 다니고 있는 첫째의 모습이 기특했다. 그리고 퇴근하고 돌아와서 출근하는 그 순간까지 늘 아빠 곁에 붙어 있으려는 둘째도 너무 사랑스러웠다. 특히 요새 들어 부쩍 둘째가 아빠에 대한 애착이 더욱 강하게 생겼다. 첫째가 자기보다 크고 힘이 강하니 본능적으로 자기를 보호하려는 대체제를 찾았던 것 같다. 그렇게 우리 부부의 '맨투맨 육아'는 시간이 가면 갈수록 확고해졌다.

"여보, 벌써 다음 주면 우리 이사 간다. 나 그러면 이제 걸어서 지우 등원할 수 있는 거야? 서우 데리고 다니기도 훨씬 수월하겠다."

오, 벌써 시간이 그렇게 흘렀구나.

가 보자. 가서 더 잘 키워야지.

제21화

직주근접 말고 얼주근접

2022년 6월 첫날부터 네 가족은 밖으로 외출할 일이 생겼다. 바로 제8회 전국동시지방선거가 있는 날이었기 때문이다. 집에 보내져 온 우편물의 안내대로 우리는 길 건너 농협 하나로마트에 마련되어 있는 투표소로 향했다. 코로나 창궐 2년이 넘었지만, 아직도 코로나바이러스가 유행하고 있던 시기였던 만큼 무더운 날씨에도 마스크를 단단히 했디. 3개월 동안 마스크 교육을 성실하게 받은 첫째도 답답할 텐데 꿋꿋하게 마스크를 잘 쓴다. 그렇게 유권자로서 소중한 투표권을 행사하며 우리 가족은 다음 주에 있을 이사를 기대하고 있었다.

그리고 6월 둘째 주 금요일, 우리 가족은 머무르던 집에서 첫째가 다니고 있는 어린이집이 있는 인근 아파트로 이사를 했다. 그야말로 직주근접 말고 얼주근접이 기대되는 순간이다. 차로 5분 거리 어린이집 왕래하는 것도 말이 5분이지 이것저것 따지면 20분이 넘게 걸렸기 때문이다. 걸어서 2분 거리는 얼마나 편할까 고대하던 순간, 아침부터 날씨가 끄물끄물하더니 비가 억수로 쏟아붓기 시작한다. 게다가 에어컨 기사, 인터넷 기사 등이 동시에 드나들다 보니 어수선하기 그지없었다. 대략적인 가구 배치와 세간살이 정돈을 마치고 나니 저녁 시간을 훌쩍 넘겼고 간단하게 칼국수집에서 요기하며 하루를 마무리했다.

아가들은 새로 이사 온 집이 좋은 모양이었다. 특히 첫째가 이사 온 집을 무척 좋아했는데 아무래도 자기 자신만의 공간이 생겨서 그런 듯했다. 어린이집에서의 적응도 어느 정도 되어서 그런지 타인 배려, 웃어른 공경 등을 실천하는 모습도 늘어났다. 특히 그러한 변화는 둘째를 대하는 태도에서 두드러지게 나타났다. 동생 밥도 먹여 줄 줄 알고 토닥토닥

재우는 제스처를 취하기도 한다. 다른 가족들은 연년생 터울이면 애들끼리 서로 싸우는 거 고전한다던데. 우리 아이들은 그런 걱정거리를 많이 안겨 주지 않아서 다행이었다. 지금까지는.

둘째로부터는 신체 발달이란 선물을 받은 한 달이었다. 둘째는 목과 허리가 단단해져 '쏘서'를 나름대로 즐기곤 했다. 보아하니 다음 달에 뒤집기를 할 것 같은 느낌이었다. 작년에 비해 대면으로 진행하는 문화센터 프로그램도 많이 개강했길래 둘째를 데리고 종종 다니자고 생각했다. 또한 우리 아이들은 물을 가지고 노는 활동을 유별나게 좋아한다. 물을 만지고 손에 묻혀 비비는 활동을 특히 좋아하길래 작년 첫째의 모습을 상기하며 이런 생각을 했다.

올해 물놀이는 휴가철보다 조금 빨리 시작해 봐도 괜찮겠는걸?

그리하여 6월부터 인근의 여러 워터파크 시설을 방문하며 아이들이 물놀이를 실컷 할 수 있도록 기회의 장을 마련했다. 첫째는 확실히 작년보다 물놀이에 재미를 붙여 자연스럽게 놀 줄 알았고 마음에 드는 튜브를 고를 수 있을 정도로 취향에 대한 개념도 발달했다. 엉겁결에 생후 4개월 만에 인생 첫 물놀이를 경험한 둘째도 물놀이가 싫지 않은 눈치였다. 겉보기엔 그저 튜브와 물아일체가 되어 요산요수 하는 느낌이었지만 나름 눈 깜빡임, 환호성 등의 리액션을 선보이는 것으로 보아 자신만의 방식으로 물놀이를 즐기는 것 같았다.

연애할 때 종종 방문했던 워터파크 시설을 이렇게 아가들 둘을 데리고 방문하니 기분이 묘했다. 인생이 근 몇 년 사이에 송두리째 바뀔 줄이야. 이제 제법 4인 가족의 모습을 담고 있어 뿌듯함이 몇 배로 더 컸다. 앞으로는 처가나 본가에 아가들을 맡기는 일도 굳이 하지 않아도 될 것 같았다. 우리 아가들이 엄마 · 아빠랑 있을 때 훨씬 편안해한다는 것을 느꼈기 때문이다.

"여보, 이제 며칠 후면 여름방학이네. 우리 애들 데리고 이번 여름방학에는 뭘 하지?"

"글쎄. 나야 여보 좋고, 애들도 좋아하면 다 갈 수 있지? 어디 특별하게 알아본 곳은 있어?"

"주변에 보니까 애들 데리고 호캉스 하는 가족이 많더라고. 우리도 몇 군데 한번 가 보자."

그래, 7월에 정근수당도 나오고 하니까 애들이랑 말로만 듣던 호캉스라는 것을 한번 해 봐야겠다.

아, 잠깐. 마음의 준비를 좀 하고.

습, 습, 후우~ 습, 습, 후우~

제22화

아빠 체력은 무한하니
걱정하지 마

5개월에 접어든 둘째가 날이 갈수록 예뻐지기 시작했다. 선물 받은 옷들이 제법 잘 어울리고 첫째도 그런 둘째를 사랑스럽게 바라본다. 캐릭터 의자, 젖병, 의류, 식기 도구들도 이제 둘째 것을 마련해 주기로 했다. 둘째가 앉음마를 할 수 있고 일반식 혼용이 가능해지면서 여행의 폭이 다소 넓어졌다. 왜냐하면 둘째가 튜브 위에서 물놀이도 할 수 있고 잘게 다져 주기만 하면 웬만한 음식은 다 먹을 수 있기 때문이다. 그래서 지난달 와이프와 상의한 대로 서울 한복판에 자리 잡은 호텔로 '호캉스'를 떠나기로 했다.

휴가철이라 그런지 가족 단위의 손님이 8할을 넘을 정도로 많았다. 분명 체크인 시간이 한참 남았음에도 불구하고 로비는 인산인해를 이루었다. 그 모습을 본 우리 아들, 딸 모두 들뜬 기색을 숨기지 못했다. 여행객들이 주는 긍정적인 에너지가 느껴졌나 보다. 그렇게 수십 분을 떼 한번 쓰지 않고 기다린 아이들과 함께 숙소에 짐을 풀자마자 바로 수영장으로 달려갔다. 코로나가 잠시 잠잠해졌다고 하긴 하나 그래도 영유아들에겐 위험할 수 있으니, 최소한의 방역 수칙을 유지하면서 놀았다. 호텔이 매우 좋긴 좋았나 보다. 조식 뷔페에서도 우는 소리 없이 두 아이의 디저트까지 야무지게 먹고 나왔던 것을 보면.

2년 동안 우리 가족에게 많은 변화가 있었듯 주변 사람들도 임신, 출산, 육아의 3박자를 경험하기 시작했다. 그리하여 말로만 듣던 공동 육아가 가능해졌다. 공동 육아라고 하긴 하지만 결국 내 자식 꽁무니 쫓아다니기가 일쑤였다. 그래도 내 친구와 아이들을 데리고 짜장면 함께 먹기, 카페에서 시간 보내기를 할 수 있다는 게 어딘가. 또한 가정 방문을 통한 공동 육아도 가능해져 친구 집에 놀러 가는 것이 가능해졌다. 부모로서 다른 가족의 교육 방식은 어떠한지 곁눈질로 많이 배울 수 있어 좋았다. 내 자식 기르기에 급급한 날들 속에 이러한 만남을 통해 육아에 필요한 아이템을 전수받기도 하고 서로의 고충을 토로하며 육아 스트레스도 해소할 수 있는 좋은 시간이었다. 특히 서울 근교의 전원주택에 사는 와이프 친구의 초대를 받아 공동 육아를 한 날이 기억에 많이 남는다. 그 이유는 풍경이 주는 아름다움을 우리 가족 모두가 느꼈기 때문이다. 잔디와 흙을 밟으며 집에 들어가도 누구 하나 제재하지 않는 것. 우리 집에서는 절대 있을 수 없는 일이지만 첫째는 분명 그러한 자유분방함에 마음에 들어 하는 듯했다.

"여보, 다음 달에는 첫째 킥보드를 마스터하고 둘째는 좀 더 멀리 가서 좋은 것도 많이 보여 주고 오자."

와이프의 제안에 나도 흔쾌히 이렇게 말했다.

"그러면 8월부터는 놀러 가는 것마다 킥보드를 가지고 가고 극성수기 좀 풀리면 강원도나 충청도 근교에 안 가 본 곳 구경 다녀오자."

나의 대답에 아내가 반가운 소식을 전한다.

"안 그래도 아빠가 아는 지인분께서 리조트 분양받으신 곳이 있대. 부탁드리면 우리 가족이 2~3일 정도는 사용할 수 있는 것 같아. 여기 한번 알아볼까?"

"그러면 일단 거기도 알아보고, 그런데 우리 무슨 아기 상어 호텔인가 애들 데리고 한번 가 보자고 하지 않았나?"

나의 말에 호기롭게 와이프가 대답했다.

"그럼 둘 다 가자. 우리 애들 거기 둘 다 좋아하겠지."

그래. 이번 7, 8월은 꽉 채워서 다른 스케줄일랑은 비집고 들어올 틈이 없도록 가족여행으로 꽉 차게 지내보자.

제23화

수족구가 뭐길래 이리도

들뜬 마음으로 8월 가족여행을 준비하던 찰나, 첫째의 어린이집에서는 비상이 걸렸다. 항상 이맘때면 기승을 부리는 병. 바로 '수족구병' 때문이다. 수족구병이란, 여름과 가을철에 흔히 발생하는 질환으로 입안의 물집과 궤양, 손과 발의 물집성 발진을 특징으로 한다. 잇몸, 입술에 물집이 나기도 하고 심한 경우 온몸에 물집과 발진을 일으키기도 하며 때로는 고열을 동반하기도 한다. 특별한 합병증이 없는 경우 1주일 안으로 호전이 되는 병이지만 제일 중요한 건 바로 전염이 된다는 것. 그로 인해 전염을 통해 수족구병을 확진받은 아이와 전염이 두려워 등원하지 않은 아이가 대다수였다. 그

와중에 꿋꿋이 어린이집 등원을 한 아이가 있었으니, 그건 바로 우리 첫째였다.

혹시라도 우리 아들이 수족구병 증상이 발현된다면 언제든지 반차를 쓰든, 가족 돌봄 휴가를 쓰든지 해서 케어할 마음의 준비를 단단히 하고 있었다. 그런데 이게 웬걸. 10명 중 2명만 등원하게 된 이 상황을 오히려 즐기는 듯한 모습이었다. 친구들이 아무도 없으니, 담임선생님의 사랑을 독차지하게 된 것을 굉장히 기쁘게 생각하는 듯했다. 덕분에 담임선생님과 더 많이 산책도 하고 이야기도 나누었다고 한다. 그렇게 좋아하는 키즈 카페가 취소되었음에도 아랑곳하지 않고 어린이집 생활을 만끽하는 아들의 모습을 보면서 안도의 한숨과 미안함이 공존했다.

내가 일을 하지 않았다면
수족구병 걱정은 더욱더 안 해도 되었을 텐데.

어린이집 생활도 아무래도 단체 생활이다 보니 친구들로

인해 유행병을 앓게 되는 경우가 많다. 아이들의 면역력은 천차만별이기 때문에 언제 어디서 병에 걸릴지 예측하기 힘든 게 사실이다. 이럴 때일수록 강조되는 것은 기본 안전 생활 수칙이다. 밖에 나갔다 들어오면 손 씻기, 사람이 많은 곳에선 마스크 착용하기, 컨디션이 좋지 않을 때 즉각 말해서 병원에 다녀오기 등이 그것이다. 결국엔 기본이다. 기본적인 것을 준수하지 않으면 그로 인한 부작용을 해결하는 데 부수적인 노력이 발생할 수밖에 없다. 초등학교에서 근무하다 보니 그러한 점을 수시로 학생들과 각 가정에 안내하는 수고를 포기할 수 없다. 그러다 보면 가끔씩 제일 중요한 내 자식의 안위에 소홀해지는 경우가 발생한다. 그렇기에 선생님의 세심한 관찰 하나하나가 상당히 중요하다는 것을 느꼈고 어린이집 선생님들의 눈썰미에 감탄했다.

수족구병 넌 이름부터 참 별로다.

그래도 미리 계획되었던 리조트 구경을 안 하고 지나가긴 좀 그래서 첫째의 수족구병이 낫는 대로 2박 3일간 여행을 다녀왔다. 평소에 그렇게 좋아하던 키즈 카페도, 처음 만나 보는 대자연 속 풍경들도 마음 놓고 즐길 수는 없었다. 그래도 맑은 공기와 눈에 탁 뜨이는 경관들은 그 나름대로 힐링적인 분위기를 연출했다. 하루 같이 대동해 주신 장인, 장모님의 배려 덕분에 첫째는 날이 갈수록 상태가 호전되었다. 그래서 여행 마지막 날에는 수영도 하고 맛있는 음식도 먹으며 휴가철 분위기를 만끽할 수 있었다.

내년에 다 같이 건강하게 한 번 더 오자.

*현장학습 취소 안내

이번 주 목요일 진행 예정이었던
'뽀로로 프리미엄 테마파크'는
늘어나는 수족구로 인해
취소되었습니다.

우리 동이들의 건강을 위한 결정사항이오니
학부모님들의 많은 양해 부탁드리며
더 이상의 확산이 없기를 바라봅니다.

담원간은 놀이터 및 사람이 많은 공공장소는
피해 주시고, 손 씻기 및 청결에 힘써
주시기 바랍니다.

아울러 발열 및 수포의 조침이 있을 경우
반드시 병원 진료 후 등원 할 수 있도록
협조해 주시기 바랍니다.

*수족구 발병 안내

안녕하세요
빙금 전 원생 총 1명(영아)이 수족구에
감염되었다는 연락을 받았습니다.

해당 원아는 금일까지 등원하였으며
발영 증상이 있어 하원조치 하였습니다.
(병원 진료 후 바로 연락을 주셨습니다.)

주말을 보내며 더 이상의 확산이 없도록
학부모님들께서는 놀이터 및 사람이 많은
공공장소는 피해 주시기를 당부드리며
등·하원 시 발영 및 손, 발에 수포가
발생했는지 확인해 주시기 바랍니다.

수족구의 경우 잠복기가 있으니
잠병의 유의하여 살펴봐 주시기 바라며
화께하도록 협력과 위생교육,
교실 내 청결 관리에 힘쓰도록 하겠습니다.

제5장

이제 너희는 누가 봐도 찐남매

제24화

함께 있으면 좋은 사람

첫째는 어린이집 등원을 통해 다양한 신체 발달과 감성 발달 활동을 경험할 수 있지만 생후 7개월 차인 둘째는 지금까지 그런 기회를 자주 접하지 못하는 것에 대한 안타까움이 있었다. 그래서 동네에 있는 문화센터 프로그램 중 영유아를 대상으로 하는 수업이 있어 주말마다 방문하곤 했다. 재미있는 것은 문화센터에 대한 첫째와 둘째 각자의 반응이다. 왜냐하면 겉으로 보기엔 같은 반응이지만 그 반응을 끌어내는 기저의 욕구는 완전 정반대였기 때문이다. 방어기제가 확고한 첫째는 이미 어린이집에서 비슷한 프로그램을 경험해 봤기에 발현되는 안도감과 자신감이 느껴졌다. 이와는 반대로 둘째는 처음 보는 물건과 환경에 대한 호기심과 기대감으로 눈빛이 반짝반짝하는 모습이었다.

어쩜 같은 배에서 태어났는데도
이렇게도 보고 듣고 생각하는 것이 다를까.

집에서 시간을 주로 보내는 둘째와 달리 첫째는 어린이집 친구들과 부쩍 친해진 게 느껴진다. 아직 다는 모르지만 반 친구들의 이름을 어느 정도 구별할 수 있을 정도가 되었기 때문이다. 또한 '밥', '놀이', '같이' 등의 단어로 정보 전달과 표현까지 함께 할 수 있는 시기가 되었다. 아직도 어린이집 막내를 맡고 있는 아들이기에 그저 어린이집에서 하루를 꼬박 보내는 모습이 안쓰러우면서도 대견하게 느껴졌다. 날씨가 한창 서늘해지고 코로나도 조금 잠잠해졌기에 어린이집에서도 곤충박물관, 수변 공원, 창의 체험센터 등으로 현장학습을 가는 경우도 많아졌다. 그때마다 차 안에서 먹을 소소한 간식을 첫째 가방에 넣어 주는데 대뜸 첫째가 이렇게 말한다.

"많이, 비타 많이."

"왜? 어린이집 가서 친구들이랑 나눠 먹게?"

"응."

너도 이제 함께 있으면 좋을 사람이 누구인지 아는구나. 그래, 비타 많이 줄 테니까 친구들이랑 나누어 먹어.

이윽고 맞이한 어린이집 친구들과의 첫 번째 명절인 추석. 노란색이 잘 어울리는 동글동글한 첫째를 위해 한복을 입혀 등원시켰다. 신문물에 대한 배척이 흥선대원군급인 첫째가 한복을 곧이곧대로 받아들일 리는 만무했다. 온갖 미사여구를 다 동원해서 어르고 달래 입혀 등원하고 찍은 사진에서도 역시 한결같은 모습을 보여 주었다. '네 이놈들, 나는 아직 추석이란 걸 받아들일 준비가 안 되어 있단 말이다.'라고 말하는 듯한 표정이 인상적이었다. 그렇게 9월이 가고 결혼, 출산 등의 기념일 등 멋진 날로 가득한 10월이 다가오고 있었다.

전지적 아빠 육아 시점

제25화

아빠 상어는 체육대회도 잘해

10월은 그야말로 야외 행사가 풍년이다. 추운 겨울이 눈치 없이 너무 일찍 찾아오기 전에 최대한 많이 가을의 매력을 만끽해야 했다. 행사의 첫 스타트는 첫째의 가을 소풍이다. 늘 받을 줄만 알았던 소풍 도시락을 난생처음 싸는 기분은 이루 말할 수가 없었다. 뭔가 어른이 된 것 같은 뿌듯함과 하나라도 더 정성스럽게 만들어 주고 싶은 욕심이 공존했다. 열심히 블로그와 SNS를 검색해서 제일 수준에 맞는 도시락 싸는 법을 나만의 스타일로 재구성해 보았다. 부디 우리 첫째가 엄마·아빠의 도시락을 맛있게 잘 먹었기를.

비록 아직 걷지도, 말하지도 못하는 둘째지만 사물에 대한 취사선택이 분명하게 생긴 것을 느낄 수 있는 대목은 다름 아닌 '상어 가족'이다. 이래서 주입식 교육이 무섭다고 하는 것일까. 집에서 첫째가 매일 부르는 상어 가족 노래를 듣고 영상으로도 접하다 보니 둘째 또한 상어 가족에 대한 애정이 남다르게 형성된 것이 느껴졌다. 키즈 카페에 가면 첫째와 둘째 모두 상어 가족 캐릭터 인형을 갖고 싶어 해서 골고루 나눠어야 했고, 상어 가족 테마로 구성된 아이스크림 가게도 구경시켜 줘야 했다. 상어 가족에 대한 사랑은 언제쯤 끝이 날까. 과연 끝이 나긴 할까. 녀석들.

우리 사랑하는 아가들 덕분에 난생처음 경험하는 행사가 또 한 가지 있었으니 그것은 바로 '가족 한마당 체육대회'였다. 형, 누나들 같은 경력자들에게 체육대회는 신나는 행사가 될 수 있었지만, 우리 첫째는 오늘도 척화비를 단단히 세우기 바빴다. 체육관이 무섭다는 둥, 소리가 너무 시끄럽다는 둥 온갖 핑계를 대며 체육대회 참여를 거부하기를 1시간째. 할머니, 할아버지의 무한한 응원과 설득, 격려 덕분에 첫

째는 조금씩 마음속 빗장을 풀기 시작했다. 늦게 배운 도둑
질이 더 무섭다는 속담이 있다. 몇 분 뒤, 누구보다 열심히
색깔판을 뒤집고 흘러나오는 동요에 신나게 몸을 흔드는 첫
째의 모습을 보고 만든 속담은 아닐는지.

  그렇게 10월의 끝자락이 다가왔고 아침저녁으로 제법 매
서운 바람이 코끝을 스친다. 우리 부부의 3번째 결혼기념일
과 첫째의 2번째 생일이 찾아왔다. 작년과는 달리 셋이 아닌
네 식구가 가족 행사를 다 함께 축하해 주니 행사의 의미가
더욱 빛나는 것 같아 기분이 묘했다. 남들에겐 아직 한참 신
혼일 수도 있는 시기에 육아를 하고 있는 것일 수도 있다. 그
러나 짧았던 신혼 생활이 전혀 아쉽지 않다. 그 무엇과도 바
꿀 수 없는 최고의 선물이 이렇게 둘씩이나 되는 것이 얼마
나 다행인가. 우리 내년에는 더 재미있고 즐겁게 10월을 보
내 보자고.

      사랑해, 우리 가족. 상어 가족보다 훨씬 더 많이.

전지적 아빠 육아 시점

제26화

분리 수면 과연 가능할까?

11월이 되니 날씨가 많이 쌀쌀해졌다. 이제 슬슬 겨울 육아에 대한 준비를 시작할 때이다. 사계절이 뚜렷한 우리나라의 기후에 늘 감사하며 살았지만, 육아하면서부터 겨울이란 계절이 은근한 부담으로 다가왔다. 여러 가지 이유가 있지만 무엇보다 생체 리듬을 온전하게 유지하기가 어렵다는 것이 세일 큰 부담이었나. 새벽 수유를 여전히 해야 하는 저시에서 눈에 띄게 길어진 밤은 컨디션 조절을 어렵게 했다. 아침 7시가 되도록 어두컴컴한 하늘을 마주하다 보니 새벽 수유가 유난히 더 고달프게 느껴졌다. 또 한 가지 이유는 육아에 필요한 물건들의 부피가 커진다는 것이다. 여름에는 반소매, 반바지에 슬리퍼만 신고 간편하게 집 근처에서 아이들과 외출할 수 있다. 그러나 겨울에는 외출 준비에만 필요한 것들이 한가득이다. 긴팔, 긴바지에 양말은 기본이요, 장갑, 목도리, 모자 게다가 두꺼운 외투까지 챙겨야 하니 시간과 노력이 배로 든다. 그럼 어떻게 하면 겨울을 아가들과 슬기롭게 보낼 수 있을까.

  추운 날씨와 긴긴밤은 자연의 섭리이니 억지로 그것들을 거스를 수는 없는 노릇. 그렇다면 자연을 요령껏 활용하여 좀 더 효과적인 육아를 하면 되는 것 아닐까? '날씨가 추워지면 철새도 따뜻한 곳을 찾아 이동하듯 우리도 좀 더 따뜻한 곳으로 여행을 다녀오면 되겠지.'라고, 생각하여 부산으로 주말여행을 떠났다. 다른 사람들이 보면 다소 우스꽝스러운 해결책일 수도 있다. 그래도 엄마·아빠와 함께하는 시간이라면 무엇이든 좋아하는 우리 아가들이기에 한번 도전해 보기로 했다. 수도권과는 달리 부산은 11월이지만 반소매, 반바지를 입어도 무리가 없을 정도로 날씨가 포근했다. 또한 무엇보다 바다가 있기 때문에 우리 아가들과 원 없이 모래놀이

할 수 있어 좋았다. 장거리 여행으로 다소 고단했을 법도 한데 아가들은 호텔 수영장과 조식 뷔페를 즐기면서 좋아했다. 너희가 조금만 더 크면 부산 명소와 맛집도 엄마·아빠와 함께 다녀오자꾸나. 부지런히 자라렴.

추운 날씨를 피해 늘 바닷가와 아랫지방으로 여행을 다녀올 수만은 없다. 그래서 서울 근교에서 이용할 수 있는 실내 시설을 열심히 검색해 보았다. 그러고 보니 많은 테마파크 중에서 롯데월드를 다녀온 적이 없었다. 집에서 대중교통을 이용하면 2~30분 만에 충분히 이용할 수 있는 곳인데도 말이다. 요즘 부쩍 버스 여행에 맛을 들인 첫째가 버스를 타고 싶다고 해서 모처럼 만에 우리 식구는 대중교통을 타고 롯데월드에 방문했다. 가족 단위의 손님을 받는 테마파크답게 유모차 데어가 가능했다. 그래서 아직 걷지 못하는 둘째도 전혀 불편함 없이 테마파크에서 즐거운 시간을 보낼 수 있었다. 아직 이용할 수 있는 놀이기구가 충분하지 않아 다소 아쉬웠지만 나들이 자체만으로도 이렇게 행복해하는 아가들에게 감사할 따름이었다.

그리고 우리 첫째에게 새로운 어린이집 단짝이 생겼다. 10월생인 첫째보다 2개월 늦게 태어난 12월생인 새로운 친구 말이다. 이번 달부터 등원을 시작했는데 첫째가 발 벗고 나서 도와주는 모습이 키즈노트에 많이 등장했다. 실내 조작 활동은 물론, 어린이집 주변 산책과 현장 체험학습 때에도 항상 둘이 꼭 붙어서 다니는 모습이 포착되었다. 발달 단계상 물건에 대한 애착과 자발성 욕구 충족 등으로 많이 다투기도 하지만 늘 금방 화해하고 다시 논단다. 또 한 번 어린이집 선생님들께 늘 항상 고맙고 죄송하다는 생각을 해 본다.

그리고 내년부터는 본격적인 분리 수면을 정착시키기 위해 맞춤형 침대와 매트리스를 준비했다. 첫째 방에는 이른바 국민 유아용 침대라고 불리는 제품을 구매해 설치했고 아직 어린 둘째는 매트리스와 이불 등을 겨울용으로 마련했다. 육아하면서 항상 하는 생각은 '잠이라도 편하게 푹 자고 싶다'이다. 햇수로 만 2년이 넘어가도록 새벽에 깨지 않고 통잠을 잔 날이 다섯 손가락에 채 들어가지 않는다. 침대와 매트리스 적응을 잘해서 아가들도, 아빠도 따뜻한 곳에서 푹 잘 수 있는 기회가 마련되길 기대해 본다. 4~5시간 자고 아침에 출근하는 기분은 그리 썩 유쾌하지 않기 때문이다.

"잠덧 졸업하면 그때부터 또 다른 세계가 기다리고 있어."

육아 선배들에 의하면 아가들이 좀 더 자라 통잠을 자는 시기가 지나면 그 이후에 또 다른 육아의 세계가 기다리고 있다고 한다. 몸과 마음이 조금 고되긴 해도 그래도 난 아가들과 함께 시간을 보내는 이 순간이 재미있다. 육아가 체질은 아니지만 그래도 육아를 할 수 있음에 감사하다. 잠들어 있는 아가들의 얼굴을 보는 호사를 누릴 수 있으니 말이다. 그렇게 올해도 가는구나. 12월은 아빠가 정말 좋아하는 달이란다. 왜냐하면 크리스마스도 있고 연말연시 거리 풍경이 기다리고 있거든. 그냥 보고만 있어도 설레는 느낌. 너희도 함께 경험해 보자. 첫째가 이맘때 걸었는데 둘째도 걸을 수 있으려나.

제27화

노는 건 좋은데
잠은 집에서 자자고

자식이 둘이 있어 좋은 점은 수도 없이 많지만, 그중에 하나는 '커플룩'이 가능하다는 것이다. 겨울을 맞이하여 새 내복과 새 비니를 커플룩으로 맞춰 아가들에게 입혀 보았다. 아가들은 다소 어리둥절해하기는 했지만 새로 산 옷과 비니를 별 거부감 없이 착용했다. 그렇게 옷 한 벌로 둘의 관계가 영락없는 남매지간인 것을 인승하게 되었다. 소유권에 대해 분명하고 단호한 단계로 접어든 첫째는 연신 '내 모자야.', '갈색 내 거야.'라고 동생에게 건드리지 말라고 으름장을 놓았다. 그러나 태생적으로 그런 협박 따위 안중에도 없는 둘째는 그저 해맑게 새로 산 옷의 재질을 탐색하기 바빴다. 12월의 첫날은 그렇게 시작되었다.

12월의 꽃은 아무래도 펑펑 내리는 함박눈이 아닐지 싶다. 어느 정도 많이 자란 첫째는 눈을 가지고 친구들과 즐거운 시간을 보내는 것이 가능할 정도로 성장했다. 눈을 뭉쳐서 눈사람을 만들기도 하고 썰매를 가지고 와서 친구들과 함께 타기도 했다. 첫째는 눈을 데굴데굴 굴려 뭉치면 동그란 모양이 만들어진다는 것, 그 동그란 모양은 원하는 만큼 크고 작게 만들 수 있다는 것을 알고 굉장히 신기해했다. 집에 가는 마지막 순간까지도 눈을 가지고 자기 스타일로 원 없이 노는 모습을 보니 만감이 교차했다.

이게 되는구나, 이제.

12월 크리스마스를 기념해서 아가들에게 즐거운 경험을 선물해 주고 싶어 근교의 풀빌라를 방문했다. 여름 내내 성수기라 비싸서 엄두도 못 냈지만, 겨울에는 찾는 이가 많이 없어 가격이 저렴했던 것도 한몫했다. 하지만 제일 중요한

것은 우리 아가님들이 머무르는 데 불편한 점이 하나도 없어
야 할 것. 다행히 첫째와 둘째 모두 난생처음 방문한 키즈 풀
빌라에 반색을 표하며 좋아했다. 집 안에 설치되어 있는 간
이 놀이터와 집안 여러 곳에 존재하는 장난감들을 가지고 놀
며 즐거운 시간을 보냈다. 그런데 어느 순간부터 혼잣말로
무언가를 연신 내뱉는 첫째의 모습이 수상했다. 뭐라고 중얼
거리는지 옆에서 가만히 들어 보니, 아뿔싸.

"집에 가고 싶다. 집에 언제 가지?"

그동안 여러 군데를 여행한 곳이 많아 살짝 방심했던 우려
할 점이 다시 고개를 들기 시작했다. 그렇다. 우리 아가들은
웬만하면 곧 죽어도 잠은 집에서 자고 싶어 한다는 것이다.

"지우야, 그럼 우리 지우가 오늘은 여기서 자고 눈 떠서 깨면 그
때 바로 집으로 가자."
"알았어. 그럼 나 깨면 집에 가."
그렇게 가까스로 둘을 재우고 우리 부부는 잠들기 전 간절

히 기도했다.

제발 다음 날 아침에 첫째가 일어날 수 있기를.

"엄마, 나 일어났어. 얼른 집에 가자."

얼마 지나지 않아 첫째가 집에 가자고 떼를 쓰며 울기 시작했고 시계를 확인해 보니 새벽 3시 30분. 이러다 둘째도 깨서 모두가 이도 저도 아닌 밤을 보낼 판이었다. 그래서 야반도주하듯 바로 짐을 싸서 집으로 돌아갔다. 그렇게 폭풍 같은 하루를 보낸 후 우리 부부는 당분간은 키즈 풀빌라는 방문하지 않고 무조건 호텔에서만 묵을 것을 다짐했다. 가족에게 주는 선물치고는 대가가 다소 가혹했지만, 조금의 교훈을 한 가지 얻고 돌아와서 한편으로 다행이라는 생각이 들었다.

우리 아가들은 우리 집에서
우리 가족과 있는 것을 제일 좋아하는구나.

그렇게 시간이 흘러 크리스마스 당일 아침, 간밤에 아가들이 자고 있을 때 열심히 꾸민 크리스마스트리 밑에 놓아둔 선물을 아가들에게 증정하는 시간을 가졌다. 첫째에게는 평소 관심 있게 지켜보던 장난감을, 둘째에게는 예쁜 겨울 내복을 선물로 주었다. 아직 '크리스마스 선물'이라는 개념이 아직 없어서 그런지 다소 어리둥절해했지만 둘 다 나름 즐거워했다. 너희들에게 선물을 줄 수 있다는 것 자체가 엄마·아빠한테는 둘도 없는 선물인데, 뭐. 작년에는 셋이 보냈고 올해는 넷이 보낼 수 있어서 너무 행복했어, 아가들아. 내년에는 다섯이 함께하는 일은 없을 테니 걱정하지 마. 엄마 아빠의 역량은 여기까지라서 말이지.

Adieu 2022.

Again 돌끝빠

    2023년 1월이 찾아왔다는 것은 새해가 밝았음을 의미함과 동시에 수많은 생일 파티 행사를 기획, 실행해야 한다는 이야기이다. 우리 아버지 생신, 장인어른 생신, 내 생일, 와이프 생일, 처제 생일… 등이 바로 그것이다. 그나마 장인어른께서는 음력으로 생일을 쇠시기에 12월이나 2월로 넘어가는 때가 종종 있지만 나머지 분들은 양력 생일이라 일정 변동이 전혀 없다. 사실 말이 생일 파티이지 그냥 가족끼리 맛있는 음식을 먹고 서로의 일상을 공유하는 날이다. 그러나 부모가 되고 나서 느낀 것은 부모님 생신날 하루만큼은 제대로 된 음식을 대접해 드리는 것이 도리라는 것이다. 그리하여 올해는 미역국도 직접 끓이고 갈비찜도 직접 만들어서 음식을 대접해 드렸고 다행히 어르신들 모두 좋아해 주셨다. 무엇보다 미역국과 갈비찜은 우리 아들과 딸 모두 맛있게 먹을 수 있는 음식이라 애들 밥상도 동시에 챙길 수 있어 좋았다.

그렇게 매주 생일 파티를 마주하는 사이, 우리 부부에게는 넷이 맞이하는 첫 번째 겨울방학이 지나가고 있었다. 이번 겨울방학에는 무엇을 하며 시간을 보낼까라는 고민 끝에 우선 겨울 스포츠를 즐기는 시간을 가지기로 했다. 그리하여 인근 눈썰매장을 검색해 보기 시작했고 우리 아이들이 탈 수 있을 만한 곳을 찾아 눈썰매를 타러 갔다. 영하 10도를 웃도는 매서운 날씨 속에서도 눈썰매장을 찾은 가족들의 분위기만큼은 따뜻하고 훈훈했다. 우리 아가들도 처음 방문하는 썰매장이지만 별다른 거부감 없이 재미있게 눈썰매를 즐길 수 있었다. 첫째는 늘 그렇듯이 처음에는 약간의 두려움을 갖고 썰매 타기에 임했다. 그러나 이내 다른 가족들이 하는 것을 유심히 관찰하더니 자연스레 슬라이드에 올라 썰매 타기를 해낼 수 있었다. 둘째는 아직 걸음마를 할 수 없어서 아빠의 보호 아래 눈썰매를 즐겼는데 생각보다 많이 즐거워 한 눈치였다. 눈썰매를 마치고 근처 매점에서 스낵 타임까지 덤으로 즐겼으니 이만하면 잘 찾아왔다는 생각이 들었다.

그리고 지난여름 못 가 봤던 바닷가 여행을 다녀오기로 했다. 장소는 우리 부부는 연애했을 때부터 사랑했던 강릉. 그곳의 겨울 풍경을 아가들에게 선보여 주고 싶어 여행 일정을 짜기로 했다. 일정 이래 봐야 숙소만 정해지면 그만이지만 그래도 여행 일정을 계획하는 것은 늘 설레는 일이다. 때마침 둘째가 분유를 떼는 시기여서 분유 포트와 젖병을 따로 챙기지 않아도 되어 여행 짐을 싸는 일이 상당히 수월했다. 기저귀만 뗄 수 있다면 더더욱 여행 짐의 부피가 반으로 줄 테지만 특별히 강요하지 않도록 했다. 모든 것은 다 자기의 때가 있는 법이니까. 그렇게 방문한 강릉은 마찬가지로 춥긴 했으나 서울에 비해서 확실히 포근하고 불어오는 바람 세기도 약했다. 첫째는 비록 모래놀이는 하지 못하지만 바다를 직접 눈으로 보며 모랫바닥을 밟는 행위만으로도 기뻐했다. 내년에는 둘째와도 이 모래사장을 함께 걸어야지.

그리고 우리 가족은 유례없는 꽃단장 시간을 가졌다. 둘째 돌잔치 행사를 맞이하기 위해서다. 코로나 시국에서도 첫째는 나름 호텔에서 돌잔치라는 행사를 했지만 둘째는 그렇게 하지 못하게 되었다. 왜냐하면 위드 코로나 이후 호텔 측에서 돌잔치 개최를 위한 최소한의 인원수를 급격히 늘려 버렸기 때문이다. 여러 상황을 종합해 봤을 때 돌잔치를 억지로 강행하는 것 자체가 어려웠다. 그래서 차선책으로 가족 스튜디오 촬영을 알아봤고 다행히 수완이 좋은 업체와 계약을 해낼 수 있었다. 촬영 준비차 방문한 미용실. 첫째는 이제 제법 컸다고 울지 않고 씩씩하게 이발에 성공했다. 불과 몇 개월 전만 해도 패악질에 가까운 텐션을 보였던 첫째였는데. 이렇게 또 큰 성장세를 보여 준 것에 우리 부부는 칭찬을 아끼지 않았다. 그렇다면 둘째는 어땠을까라고 묻는다면 작년 이맘때의 오빠를 똑 닮았다는 말로 삼음하겠다. 너무 울고불고 난리를 치는 아이를 꼭 붙들며 얼른 이 시간이 끝나기를 바라고만 있었기에.

　행사 덕분에 출장 메이크업이라는 것도 난생처음 받아 보았다. 그냥 잠옷 차림에 집에서 편하게 앉아 있기만 했는데 전문가 직접 집으로 와서 꽃단장을 시켜 주는 것이 상당히 인상적이었다. 결혼식 당일 새벽 4시부터 미용실에 가서 대기했던 기억과는 사뭇 달라 적잖이 당황스러웠지만 무엇보다 체력 안배가 가능하다는 점에 크게 감탄했다. 오늘의 주인공이 사진을 잘 찍을 수 있게 어르고 달래야 할 에너지를 비축해야만 했으므로. 스튜디오 촬영은 인근의 지식산업센터 내에 자리 잡은 업체에서 진행되었다. 사진작가 두 분께서 아가들과 충분히 촬영 전에 놀아 주시고 이야기도 많이 해 주셨다. 간식도 주시면서 열과 성을 다해 '래포'를 형성했던 덕분인지 아가들도, 우리 부부도 편안하게 촬영을 마무리할 수 있었다.

사진을 찍고 돌아온 후 아가들을 다 재운 뒤 문득 이런 생각이 들었다. 첫째와 둘째 모두 똑같이 대우하고 모자람 없게 키우고 싶은데 그게 마음처럼 뜻대로 되지 않는다는 것. 먼 훗날 아가들이 성인이 되었을 때 돌잔치와 스튜디오 촬영이란 서로 다른 행사를 기획한 이유를 묻는다면 난 어떻게 대답하면 좋을까. 그냥 모자라지도 넘치지도 않게 가족들끼리 함께한 경험을 너희들에게 선사했다고 얘기해 주고 싶다. 그리고 엄마 아빠는 앞으로도 어떻게든 노력할 테니 그냥 너희는 걱정 없이 매일매일 행복하기를 바란다고 말해 주고 싶다.

이처럼 꽉 찬 겨울방학을 보내고 나니
둘째의 첫돌이 다가오고 있었다.
2월은 더 풍성하게 보내 보자고, 아가들아.

제29화

사랑하는 우리 딸,
첫돌 축하해

2023년 2월은 설 연휴가 들어 있는 것도 아닌데 하루하루가 바쁘다. 바로 2월 11일 둘째의 첫돌을 기념하기 위해서 양가 부모님들이 조촐한 생일 파티를 마련해 주셨기 때문이다. 첫째만 돌잔치를 거행하게 되어 둘째에게 마음속으로 미안한 마음이 한가득이었던 찰나에 부모님들의 후원은 크나큰 힘이 되었다. 그 덕분에 둘째는 돌잡이도 하고 돌 떡, 케이크도 먹으면서 할머니, 할아버지와 즐거운 시간을 보낼 수 있었다. 무엇보다 아들, 딸 구분 없이 돌 반지 제작까지 세심하게 신경 써 주시고 돌 빔도 예쁘고 따뜻한 것으로 사 주셔서 감사했다. 이 모든 것들은 차곡차곡 모아 놨다가 훗날 반드시 더 크게 보답해 드리리라.

　그렇게 2월 초 중반을 보내며 씩씩하고 즐거운 모습을 보이던 딸이 어느 날 새벽 내내 울면서 잠을 못 자기 시작했다. 해열제를 지속해서 먹여도 4~5시간 간격으로 열이 40도에 육박했다. 소아·청소년과를 방문했더니 의사 선생님께서 '가와사키 바이러스'가 의심된다며 상급병원에 소견서를 써 줄 테니 다녀오라고 하시는 게 아닌가. 혹시라도 단순 코로나일 수도 있다는 생각에 하루만 상황을 더 지켜보는 것도 좋을 것 같아 인근 병원 입원실에 등록했다. 걷지도 못하는 아가에게 링거를 투여하는 것을 눈으로 봐야 하는 것이 마음에 아팠지만, 어쩔 도리가 없었다. 다음 날, 대학병원 소아·청소년과를 찾아 정확한 병명이 무엇인지 의뢰했다. 5일 이내 검사 결과를 알려 줄 테니 댁으로 가서 안정을 취하도록 하라고 하셨다. 그날 밤, 딸의 몸에 울긋불긋 돌 발진이 올라오기 시작했고, 다음 날 정말 씻은 듯이 병이 나았다. 그리고 5일 뒤 병원으로부터 나온 결과는 '아데노 바이러스 확진 아님'. 첫째보다 열의 오르내림이 심하고 그 강도가 일정치 않아 큰 병이 생긴 것이 아닐까라고 걱정했는데 단순 돌 발진으로 끝나서 천만다행이었다. 요 며칠은 정말 어떻게 흘러갔는지도 모를 정도로 정신이 없었는데 딸은 씩씩하게 아픈 것을 이겨 냈다.

스냅사진 업체를 알아보다 보니 처남의 지인이 프리랜서 사진작가라는 말을 듣게 되었다. 돌 스냅사진 전문 업체에서 일한 경험을 살려 1인 회사를 기획 중이라고 한다. 사진에 관해 문외한인 우리 부부로서는 그야말로 천군만마를 얻은 셈. 모든 스케줄을 작가님께 일임하도록 하고 우리 가족은 둘째의 돌 사진이 예쁘게 나올 수 있도록 옆에서 응원했다. 의상, 작가, 장소 등 모든 것이 처음이라 낯설고 어색했던 둘째는 눈물샘이 마를 때가 없을 정도로 비협조적이었다. 그러나 작가님을 비롯한 온 가족의 응원과 무한한 관심 속에 서서히 마음속의 장막을 걷어 내기 시작했다. 그 틈을 놓칠세라 연신 셔터 소리가 발하였다. 그리하여 단독 사진과 가족사진의 베스트를 고를 수 있을 정도로 사진 촬영은 성공적으로 마무리되었다.

교사인 우리 부부는 이제 3월을 맞이할 준비를 한다. 1월이 아닌 3월을 한 해의 시작점으로 보는 것은 학생 때가 마지막일 줄 알았지만 '살다 보니 꼭 그렇지만은 않구나.'라는 것을 매년 실감하고 있다. 친구들과 선생님이란 존재를 처음 마주할 때 무척 두렵고 무서웠을 텐데도 잘 견뎌 내 종업이란 타이틀을 받은 우리 첫째. 3월이 되면 오빠의 뒤를 이어 친구들과 선생님이란 존재를 마주하게 될 우리 둘째. 힘들고 두려운 것이 있으면 언제든지 엄마 아빠한테 얘기하렴. 우리는 너희들에게 그런 존재이고 더 나은 그런 존재로 거듭나기 위해 무수히 노력할 테니.

봄이여 오라.

제30화

아들은 상큼이,
딸은 달콤이

2023년 아들에 이어 딸도 어린이집을 다니게 되었다. 첫째는 만 2세 상큼 반으로, 둘째는 만 1세 달콤 반으로 배정을 받았다. 특이 사항이 하나 있다면 딸은 이른바 월반 수업을 받게 된다는 것이었다. 왜냐하면 2022년 2월생인 둘째는 이제 막 첫돌이 지나 또래에 비해 발달 단계가 다소 느린 편이기 때문이다. 첫째의 경우를 돌이켜 봤을 때 어린이집 선생님과 친구들과의 래포 형성이 무엇보다 급선무였다. 분명 어린이집에 가기 싫어 대성통곡을 할 것이 분명했지만 통과의례의 과정이었기에 슬기롭게 극복해 보기로 했다.

3월 첫째 주 우리 아이들의 모습 대부분은 역시 예상했던 대로다. 선생님 품에 안겨 우는 사진, 혼자 도망가다 구석에서 울고 있는 사진 등이 대부분이다. 천만다행인 것은 우리 아이들만 그런 것이 아니라는 사실이다. 3월 한 달은 거의 모든 반에서 곡소리가 나서 어린이집 선생님들께서는 어르고 달래다 하루가 다 간다고 하신다.

아이들을 위해서

아빠가 해 줄 수 있는 것은 무엇일까.

그 해답은 바로 '어린이집에 관한 관심'이었다.

그래서 올해는 와이프에게 전권을 부여했던 키즈노트를 아빠인 나도 함께 살펴보기로 했다. 왜냐하면 우리 아가들의 일과와 특성화 프로그램 운영 계획, 각종 상담 외뢰 등의 안내 사항이 99% 앱을 통해 전달되기 때문이다. 그래서 개인 정보 활용동의서를 비롯한 각종 서식, 특별활동 프로그램 운영 계획서, 식단표를 비롯한 공지사항 등을 나름대로 꼼꼼하게 살펴보았다. 현장 체험학습을 나갈 때 운동화를 신겨야 하는지, 간식으로 젤리, 초콜릿을 보내도 상관없는 곳인지 등을 말이다.

그리고 평소보다 조금 더 일찍 하원을 시켰다. 근무 여건 상 2시 40분 이후 육아 시간을 활용하여 퇴근하게 되면 아이들을 3시 30분에 하원시킬 수 있었다. 다른 친구들은 꼬박 4시 30분에 하원하거나 그보다 더 늦게 하원해야 했지만, 우리 부부는 3월은 무조건 조기 하원을 시키기로 했다. 누구보다 오늘 하루 어린이집에서 고생했을 우리 아이들을 위해서 말이다. 그리고 오늘 하루 어땠는지 이야기를 나누며 어린이집 주변 놀이터에서 시간을 보냈다. 어린이집 주변을 자연스럽게 탐색하면서 익숙해지라고 말이다. 그렇게 하루, 한 주시간을 보내니 아가들의 표정에서 생기가 돌기 시작했고 자신감과 의연함이 묻어남을 느낄 수 있었다.

3월 한 달 이른바 골든타임을 무사히 보내고 나니 아이들은 4월부터 기적과도 같이 어린이집을 웃으면서 다니게 되었다. 딱 1달 고생하면 1년이 편안해지는 것을 느끼는 순간이

기도 했다. 물론 등원하는 순간 아이들의 모습에서 불안감과 두려움이 종종 나타나긴 했다. 그래도 어린이집에는 사랑하는 선생님과 친구가 있다는 것을, 어린이집이 끝나면 엄마·아빠가 반드시 함께 데리러 올 것을 알았기에 씩씩하게 아이들은 등원 길에 올랐다.

교직에 있으면서 초등학교에 대해서만 알고 살았지 어린이집의 소중함과 고충에 대해 알 길이 없었다. 아이를 낳고 길러 보니 어린이집이 한 가족에게 미치는 영향이 상당하다는 것을 알게 되었다. 오늘도 우리 아이들을 위해 무한한 사랑과 헌신을 선사하는 어린이집 선생님들에게 감사하고 말하고 싶다.

닫는 글

아빠 육아는
오늘도 ing

아침부터 두 아이 등원 준비에 정신이 없다. 9월 1일 자로 육아휴직을 끝낸 와이프는 오전 7시 반 이전에 출근한다. 왜냐하면 새로 발령받은 곳이 이전 학교에 비해 출퇴근 거리가 좀 멀었기 때문이다. 그래도 직장 문화와 동료들의 가치관이 와이프의 생각과 많이 부합하여 생활하는 데 큰 어려움이 없다고 한다. 그런 와이프를 대신해 나는 아침에 육아 시간을 써서 아이들 어린이집 등원을 도맡았다. 전날 미리 가방을 싸 두고 데일리 룩(Daily look)을 선정해 놨음에도 불구하고 늘 시간이 모자란다. 정신없이 씻기고 옷을 갈아입힌 뒤 아침밥을 2~3입이라도 먹이고 어린이집에 보낸다. 어린이집 등원이 벅차긴 해도 아빠로서 이런 경험을 해 볼 수 있다는 것 자체가 큰 자산이라고 생각하고 '오·등·완(오늘 등원 완료)'을 해낸다.

아빠랑 같이 어린이집 등원할 수 있어 참 다행이야.
그만큼 아가들도 내가 좋다는 뜻이겠지?

두 아이는 무럭무럭 자라서 자기 주도적으로 해낼 수 있는 것이 점점 많아지고 있다. 그리고 항상 서로의 안부와 존재를 체크하고 무엇이든지 함께하려고 노력하는 모습도 보인다. 물론 물건 먼저 가지겠다고 싸우거나 그네나 미끄럼틀을 먼저 선점하고자 다투는 모습은 연년생 터울의 숙명인지라 어쩔 수 없다. 하지만 부모님의 말씀과 지도를 잘 듣는 편이고 서로에게 언제든지 사과하는 모습을 보여 주기에 큰 문젯거리로 삼지 않는다. 두 아이 모두 어린이집을 통해 여러 예절도 배우고 놀이터에서 친구들과 즐거운 시간을 보낸다. 이제 점점 보육의 길을 지나 교육이 가능한 시기로 나아가고 있는 게 느껴진다.

요즘 들어 부쩍 혼자보다 둘을 키우기를 잘했다는 생각이 든다. 물론 애가 하나든 둘이든 아기들을 졸졸 쫓아다니며 매의 눈으로 케어하는 것은 변함이 없다. 교사로서의 숙명이다. 어쩔 수 없다. 그러면서 느끼는 것은 아들, 딸 둘 다 서로서로 이해하고 배려하려는 부분이 많다는 것이다. 가게 놀이를 할 때 꼭 엄마, 아빠가 손님으로 참여할 필요도 없다. 알아서 저희끼리 주인, 손님, 알바생 다 한다. 징검다리를 건널 때도 떨어져 다치지 않을까 노심초사하지 않아도 된다. 서로 도와줄 것은 도와주고 놀 땐 놀기 때문이다.

걷지도 못하고 말도 못 하는 갓난쟁이일 때
덮어놓고 키우느라 이런 날이 오리라고 생각 못 했는데.

그리고 36개월을 앞둔 첫째는 열심히 기저귀 떼는 연습을 하고 있다. 실은 지난여름 더운 날씨를 빌미로 기저귀에서 팬티로 자연스럽게 넘어갈 수 있었던 이른바 골든타임이 있었다. 그러나 의뢰인의 완강하고 단호한 거부로 지금까지 미뤄졌고 올해 안에 기저귀 떼기는 힘들 것으로 예상했다. 그런데 정말 한순간에 팬티 입기 연습을 자발적으로 하더니 혼자 화장실 가서 일 보는 것이 가능해졌다. 정말 아기들의 속마음은 알다가도 모를 일이지만 그걸 바로 들어 주고 이해해야 하는 것이 부모의 숙명이리라. 그리하여 어제는 첫 응가를 변기에 실시한 기념으로 케이크를 사서 작은 파티를 열어 주었다. 이를 계기로 내친김에 올해가 가기 전에 밤 기저귀까지 꼭 떼리라는 다짐도 해 보았다.

그렇게 오늘도 아빠의 두 아이 육아는 현재 진행형이다. 대략 3년 전, 첫째를 임신했다는 소식을 들었을 때 막연하게 가졌던 두려움은 이제 영영 사라진 지 오래다. 하루라도 젊고 에너지가 있을 때 좀 더 육아의 세계에 발을 들여놓을 수 있어 오히려 다행이라고 생각한다. 그렇다고 마냥 몸과 마음이 신상하냐는 것은 아니다. 하루하루가 악전고투다. 그럼에도 불구하고 시간은 흐르고 아이들은 커간다. 그 속에서 얻게 되는 부모로서의 생각도 무럭무럭 자라는 중이다. 아빠라는 타이틀을 갖고 살아갈 수 있어 굉장히 뿌듯하다. 그리고 무엇보다 이런 아빠를 만나 어떻게든 잘 자라 주고 있는 아이들이 대견하다는 생각이다. 그 옆에서 무한한 사랑과 잔소리 그 사이에서 저울질해 주며 나와 함께해 주는 와이프에게 그저 고맙다는 말을 하고 싶다.

여보, 당신 덕분에 이렇게 예쁜 아들, 딸이 태어났어.
크게 신경 쓰이는 부분 없도록 오늘도 내가 최선을 다할게.
지우, 서우, 여보 모두 다 사랑해.

부록

아빠 육아 꿀팁

키즈 카페나 놀이터에서 십잡스가 되어 주세요, 아이가 외롭지 않게

키즈 카페의 좋은 점은 집에서 제공해 줄 수 없는 수많은 신체 놀이도구와 쾌적함일 것입니다. 집에 아무리 많은 장난감이 있다고 해도 키즈 카페의 양과 시설의 크기를 뛰어넘기 힘들기 때문이죠. 특히 우리 아들, 딸은 병원 놀이, 주차장 안내요원 놀이, 소방관 놀이 등의 역할 놀이를 마음껏 할 수 있어 키즈 카페를 많이 좋아합니다. 오늘도 어김없이 우리 부부는 아들, 딸의 부모, 손님, 집사, 환자 등이 되어 열심히 놀아 주고 있었습니다.

그런데 공주 옷을 입은 5~6살 되어 보이는 아이가 우리 가족을 졸졸 쫓아오면서 관심을 보이기 시작했습니다. 우리 아가들의 나이와 이름을 묻고 다가와서 하나씩 챙겨 주려는 모습이 예뻐서 같이 데리고 놀았습니다. 아이가 동생이 없어서 혼자 노는 듯하여 안쓰럽기도 하고 누나로부터 우리 아이들도 배울 수 있는 점이 있겠지 하면서 말이죠. 그러나 시간이 지날수록 아이의 태도가 거칠어지고 자기 고집을 부리기 시작했습니다. 급기야는 나에게 옷을 벗어 보라는 둥 엉뚱한 이야기를 하길래 마지못해 이렇게 말했습니다.

'너희 엄마와 시간을 좀 보내고 나중에 다시 와 줄래?'

그렇게 1시간 무렵 되었을까요. 잠깐 쉬는 시간을 가질 겸 우리 테이블에 도착했는데 우리 바로 뒤 테이블로 공주옷 그 여자아이가 왔습니다. 그곳이 자기 엄마랑 이모가 있는 테이블인 모양이더군요. '자기 애가 혼자 외롭게 있는데 좀 놀아 주지.'라는 생각을 하며 무슨 이야기를 그리 열심히 하나 들어 보았습니다. 다이어트 이야기, 드라마 이야기, 문신 이야기 등 주제가 가지각색이고 자신만의 생각을 피력하는 데 여념이 없습니다.

　교사 직업병이어서 그런지, 타고난 기질 때문인지는 알 수 없으나 저랑 와이프는 아이들 일거수일투족을 하나하나 쫓아다니며 관리하는 타입입니다. 우리끼리의 수다나 식사는 상상할 수도 없고 우리의 방만으로 인해 혹시나 아이들이 다치면 어쩌지라는 생각이 지배적이기 때문이죠. 그래서 더욱이 혼자 시간을 보내고 있는 공주 손님의 처지가 안쓰럽게 느껴졌습니다.

　결국 어쩔 수 없이 공주 손님도 우리 아가들과 함께 놀도록 배려를 해 주었고 저는 체육 선생님, 충치가 있는 환자, 자동차가 전복되어 도움을 요청하는 고객, 심지어 공주님의 애인 역할까시 해줬습니다. 이른바 '십잡스'가 되어 혼자인 공주님과 함께 놀아 준 것이죠. 이벤트성으로 공주님과 놀아주는 것은 크게 문제가 되지 않았으나 앞으로의 공주님과 부모 간의 관계가 걱정되긴 하더군요.

아이와 래포를 형성하는 과정은 그리 대단하거나 거창하지 않다고 생각합니다. 작은 눈맞춤과 일상 속의 질문, 손을 잡고 걷고 말하는 단순하고 심플한 단계에서부터 차츰 발전한다고 믿습니다. 그러기 위해서는 아빠 육아가 아이들에게 반드시 필요하고 그 시간이 하나둘 모여 올바른 가족 관계가 형성된다고 봅니다. 우리 아버지들 오늘도 힘드시겠지만, 기왕에 키즈 카페에 가실 계획이라면 우리 아이들과 적극적으로 놀이에 동참해 주세요.

언제든지 와이프가 원하면
자유부인으로 만들어 주세요

육아하는 집의 모든 고민거리는 '잘 먹고, 잘 놀고, 잘 재우는 것'입니다. 이 3박자의 메커니즘이 적절한 기능을 수행한다면 육아의 큰 걸림돌은 해결했다고 볼 수 있죠. 아빠로서 와이프가 마음껏 외출하여 시간을 보내게 하고, 아이들도 아빠와 함께 즐겁게 하루를 보내게 하고 싶다면 다음의 5단계를 적절하게 수행해 보시기를 추천해 드립니다. 집안 사정마다 약간의 차이는 있겠으나 근 4년간의 육아를 통해 얻은 꿀팁인 만큼 상황에 맞게 변형, 수정하여 운영하시길.

1단계 : 놀이터에서 바깥 놀이하기

지난주 금요일 오후, 학년 회식에 참석한 와이프는 오랜만에 자유부인이 되어 즐거운 시간을 보내기로 했습니다. 그리하여 저에겐 5살 아들, 3살 딸과 함께 즐겁게 놀고 저녁도 먹이면서 씻고 재워야 하는 미션이 주어진 셈이죠. 하원 이후 아이들의 컨디션을 살펴보니 오늘은 바깥에서 좀 시간을 보내도 될 정도로 아이들의 체력 상태가 양호했습니다. 그렇기에 하원 후 바로 근처 놀이터에 가서 아이들이 자유롭게 놀수 있도록 했습니다. 평소에 엄마 없이도 아빠랑 시간을 보내는 것이 어색하지 않아 그나마 다행입니다. 그렇게 1단계를 무사히 마치고 나니 어느덧 6시가 훌쩍 넘는 시간이 되었습니다.

2단계 : 씻고 저녁 먹기

2단계 '씻고 저녁 먹기'를 의미 있게 보내기 위해 우선 아침, 점심때 무엇을 먹었는지 확인해 봤습니다. 균형 잡힌 식단을 남김없이 잘 먹었다고 하니 한 끼 정도는 한 그릇 식사로 때워도 될 것 같았습니다. 우선 냉동실에 자리 잡은 베이

컵 볶음밥 1팩을 꺼내 식용유 두른 프라이팬에 들들 볶습니다. 동시에 다른 가스레인지에 물을 끓여 짜파게티도 동시에 준비합니다. 볶음밥 먹기에 실패할 때 차선책을 동시에 투입하기 위해서죠. 결과는 나름 성공적이었습니다. 볶음밥이 성공했냐고요? 아니요. 짜파게티를 마련하지 않았으면 큰일 날 뻔했습니다. 어떻게든 먹이면서 설거지도 하고 두 아이 샤워까지 끝마치니 6시 45분입니다. 3단계가 종료되기까지 1시간 15분이 남았습니다. 부랴부랴 아이들 내복과 기저귀, 물티슈, 마실 물, 여벌 옷 등을 에코백에 담아 3단계를 실행에 옮길 준비를 마쳤습니다. 그러면 바로 3단계로 이동해야겠습니다.

3단계 : 키즈 카페 1시간 이용하기

근처 키즈 가페로 무대를 옮겨 3단계를 즉시 실행에 옮깁니다. 마감 1시간 전인지라 한산하기 이를 데가 없습니다. 그나마 몇 명 있는 손님들도 모두 초등학생들이라 우리 아이들을 예뻐하며 좋아합니다. 그동안 수십 번 방문했던 곳이라 싫증 날 법도 한데 아가들은 당연하다는 듯 탈것을 하나씩 골라 즐겁게 시간을 보냅니다. 마감 시간이 가까워지자 5~6명의 직원이 키즈 카페 여러 곳을 쓸고 닦고 정리 정돈을 하기 시작합니다. 이에 아랑곳하지 않고 아이들은 넓은 키즈 카페 여기저기를 들쑤시며 재미있게 놀았습니다. 저 역시 아이스커피를 홀짝거리며 아이들 뒤꽁무니를 여기저기 쫓아다니면서 시간을 보냈죠. 어느덧 8시. 영업 종료를 알리는 안내 멘트가 들리자, 아가들은 자연스럽게 신발장으로 가서 집으로 갈 준비를 합니다. 4단계는 플랜 A, B, C까지 준비했는데 어떤 카드를 꺼낼지 고민하며 아가들과 키즈 카페를 나섭니다.

4단계 : 졸릴 때까지 놀이터 + 유모차 산책

아가들에게 집으로 바로 가서 좀 더 놀다가 잘지, 졸릴 때까지 놀이터에서 놀다가 들어갈지 선택하게 했습니다. 그랬더니 둘 다 '졸릴 때까지 놀이터'의 카드를 선택합니다. 다행히도 중, 고등학생들이 놀이터를 점령하고 있는 상태는 아니었습니다. 두 아이는 놀이터에서 그네를 질릴 때까지 탔고 8시 반이 지나자 둘 다 눈을 비비며 피곤한 기색을 드러내기 시작했습니다. 그런데 대뜸 첫째가 배가 고픈지 도넛을 먹으러 도넛 가게에 가고 싶다고 합니다. 그래서 둘을 데리고 도넛을 사 주었더니 첫째는 한 개를 모두 먹어 치웠고 둘째도 반 이상을 먹는 게 아니겠습니까. 그리고 나니 둘째가 "잘래, 잘래."라고 말하네요. 유모차 산책을 좀 다녀오는 동안 잠들면 집에 가겠다고 했더니 그리하자고 합니다.

5단계 : 미션 컴플리트

그렇게 두 아이를 유모차에 태우고 동네 산책하러 가기로 했습니다. 금요일 저녁이라 그런지 젊은 사람들이 가게에서 맛있는 음식과 술을 마시며 대화를 나누는 모습이 참으로 아름다워 보였습니다. 저도 분명 저런 시간을 당연하게 만끽하던 사람이었는데 시시콜콜한 대화를 나누며 즐거워하던 때가 언제인지 모르겠네요. 와이프에게 아가들이 모두 잠들었으니 실컷 놀고 오라고 메시지를 전한 뒤 바로 12,000원에 맥주 4캔을 사서 들어왔습니다. 자유 남편이 되기 위한 마일리지를 두둑하게 쌓아 두었으니 언제 이 카드를 활용할지 잘 생각하면서 말입니다.

새벽 2~3시가 되어도 애가 안 자면
밖에 나가서 재워 주세요

영유아 시기에 아이들은 면역력이 낮아서 그런지 하루가 멀다고 아파합니다. 가끔 호흡기 질환 등을 앓게 되면 집안의 건조하고 탁한 공기 때문에 더욱 힘들어하는 경우가 생깁니다. 그럴 때 가끔 바깥에 나가 상쾌한 공기 한번 쏴악 쐬어 주며 분위기 전환을 해 주면 아이들은 그것만으로도 안정감을 얻어 잠자리에 다시 들기도 하죠. 그러나 시간이 늦은 밤이나 새벽 시간에는 여자의 몸으로 아이를 밖에서 케어하기 힘듭니다. 다음은 제가 우리 아들과 딸이 돌아가면서 독감에 걸려 힘들어할 때, 새벽 시간에 바깥에 나가 재운 일화입니다. 이 에피소드 하나가 아빠들에게 자그마한 울림을 선사할 수 있기를 조심스럽게 바라 봅니다.

　이 시기에 아가들이 모두 다 그렇겠지만 우리 아이들도 원인 모를 병으로 자주 아프다. 오전, 오후 잘 놀다가도 갑자기 새벽에 열이 38도까지 찍는가 하면 새벽에 밤새 기침하며 쪽잠을 자는 경우가 허다하다. 세 돌이 가까워져 오는 첫째는 그래도 면역력이 생겨서 아파도 금세 회복하는 편인데 문제는 둘째이다. 한 번 아프면 3~4일은 족히 기침, 가래, 해열제를 달고 살며 심할 때는 항생제까지 먹여야 할 정도이다. 겉으로 봤을 때는 아픈 기색이 전혀 안 보이며, 뛰는 듯 아장아장 움직이며 놀이터를 휘저음에도 불구하고 체온을 재 보면 39도인 경우도 있다. 오늘 밤도 새벽에 애들이 일어날 수도 있겠다고 생각하며 피곤한 몸을 뉘어 잠을 청한다. 이윽고 둘째 방에서 단말마 같은 우렁찬 울음소리가 들린다. 시작이구나.

　시계를 보니 새벽 2시 38분이다. 체온을 재 보니 그래도 자기 전에 먹인 해열제가 몸에 받았는지 37.5도를 웃돌고 있었다. 아직 잠이 확실히 깬 것도 아니고 코가 좀 막혀서 불편해 보이는 정도다. 그래서 둘째를 안고 거실과 부엌 이곳저곳을 돌며 잠들도록 유도하였다. 15분 정도 지났을까. 털썩 고개가 떨어지는 듯한 느낌이 들어 재워도 되겠다 싶어 둘째 방 매트리스에 눕혔다. 토닥이기를 3분여 가까이 하고 둘째 방문을 나서려는 찰나, 갑자기 둘째가 번쩍 일어나더니 나와 눈이 마주친다. 1라운드는 실패. 2라운드는 똑같은 루틴으로 약 15분간 진행되었고 이번엔 첫째와 와이프가 자는 안방으로 둘째를 옮겨 보기로 했다. 발코니 문을 살짝 열어 두어 온도, 습도 등을 조절한다. 다시 둘째를 눕힌다. 이번엔 입을 벌리고 자는 걸 보니 깊이 잘 것 같다. 그러나 5~10분 내내 끊임없이 뒤척이며 잠과 사투를 벌이더니 이내 손과 발을 마구 휘저으며 잠투정을 부리는 것이 아닌가. 이러다 첫째도 깨서 더 큰 참사가 벌어질까 두려워 되는대로 챙겨 입고 둘째를 유모차에 태워 데리고 나갔다.

첫째, 둘째도 내가 최후의 수면 유도 수단으로 택하는 것이 '유모차 산책'이다. 경험상 아가들은 유모차에서 주변의 자극을 자연스레 받아들이며 심신의 안정을 찾았고, 구르는 바퀴에서 들리는 백색소음이 아가들을 재우는 데 효과적이었기 때문이다. 새벽 3시 42분, 삼라만상이 모두 잠자리에 들 깊은 밤이지만 이 시간에도 새벽을 밝히는 사람들이 많았다. 동네 주변을 돌면서 마주친 트럭 운전사분은 여기저기 나뒹굴고 있는 전동 킥보드를 수거하시는 데 집중하고 있었다. 프랜차이즈 도넛 가게 앞에서도 트럭 운전사가 연신 재료를 나르는 모습을 볼 수 있었다. 근처 24시간 콩나물국밥집 앞에 택시 4~5대가 주차해 있다. 가게 안은 기사님들이 담소를 나누며 따뜻한 국밥을 먹는 모습을 볼 수 있었다.

고독함과 막막함이 쏟아지는 잠과 뒤범벅되어 정신없는 와중에 한 줄기 마음의 안정을 찾는 순간이었다. 전혀 예상하지 못했던 곳에서 위안거리를 찾았다고나 할까. 새벽을 밝히는 그분들 덕분에 나만 이 시간에 고생하고 있는 게 아니라는 생각이 들었다. 그와 더불어 한편으로 이 시간을 빛내고 있는 그분들의 노고를 리스펙트하게 되었다. 나는 오늘 일회성에 그칠 일이지만 매일 새벽을 이렇게 고생하고 계시다니 실로 놀라운 일이 아닐 수 없다. 그렇게 이런저런 생각을 하는 와중에 둘째의 얼굴을 보니 아주 편한 얼굴로 꿈나라에 빠졌다. 어쩌면 몸이 아파서 이 순간을 그렇게 기대하고 바랐던 것이 아니었을까. 아직 네가 말을 할 수 없어서 정답을 찾긴 어렵지만 아빠의 맘을 알아채고 바람대로 해 준 것 같았다.

그렇게 의도치 않았던 새벽 산책을 마치고, 다행히 둘째는 아침까지 푹 잠들 수 있었다. 그리고 나는 여느 날과 다를 바 없이 피곤한 몰골로 출근 준비를 했다. 마치 새벽에 아무 일도 없었던 것처럼. 이런 생활이 근 4년 가까이 되니 내성이 생겨서 웬만큼 힘든 날 아니고서야 어떻게든 하루를 버텨 내는 것 같다. 그래도 오늘보다는 내일이 육아가 더 수월하겠지라는 희망을 품고 오늘도 그렇게 출근한다.

유튜브를 슬기롭게 활용하세요, 한글·영어 교육에 좋습니다

유튜브 시청을 무작정 제한하기보다는 규칙을 정해 부모님과 함께 시청하는 습관을 들이는 게 좋습니다. 특히 한글과 영어 초기 습득에 꽤 유용한 도구로서 유튜브를 슬기롭게 활용할 수 있습니다. 반드시 한글과 영어 실력을 향상해야 한다는 관점으로 접근한다면 오히려 아이들에게 부작용을 유발할 가능성이 높습니다. 그보다는 친구들, 선생님, 부모님과의 대화에서 보고 들은 내용을 주고받는 허용적 분위기 형성에 초점을 맞춘다면 유튜브는 꽤 긍정적인 수단이 될수 있습니다.

영어 교육의 하나로 오랜 시간 동안 언급되는 것이 바로 '전신 반응 교수법'입니다. 제임스 애셔(James Asher)의 주장으로 시작된 이 학습법의 가장 기본은 '잘 듣는 것'에서부터 출발합니다. 아빠 육아가 아이들의 언어 능력 발달에 도움을 줄 수 있다는 것은 바로 이 점입니다. 지시와 잔소리는 아무래도 아빠보다 엄마의 전유물인 경우가 많죠. 이때 좀 더 리스너의 관점을 갖춘 사람은 바로 아빠입니다. 우리 아버지들 'Jump', 'Go and Stop' 같은 단순 발화를 통해 게임을 하듯 아이들에게 영어를 접목해 주세요. 그리고 자발적으로 말하기 전에 말하기를 강요하지 말아 주세요. 유튜브를 잘 검색하시면 여러 가지 게임식, 체조식, 놀이 형태의 Phonics(파닉스, 단어가 가진 소리나 발음을 배우는 것)나 Expressions(익스프레션, 표현) 콘텐츠가 쏟아져 나옵니다. 혜안을 발휘하셔서 아빠식 영어 놀이를 적용하신다면 우리 아이들 문해력은 급속도로 향상될 것입니다.

한글 교육도 이와 같은 맥락입니다. 아이들이 '응', '아니'로 단순 대답하는 식의 질문보다 '왜', '무엇'을 강조하는 질문을 매일 5~10분 정도 이야기해 보세요. 그 효용성은 수십, 수백만 원의 교재와 강의보다 훨씬 더 큰 값어치를 할 수 있을 것입니다. 그네를 밀어 주면서도, 아이와 함께 아이스크림을 사러 가면서도 '왜', '어떻게' 등의 발화로 접근해 보십시오. 분명 아이들은 자신만의 단어와 표현을 구사하고 자신이 알고 있는 지식과 감정을 적극적으로 이야기할 수 있게 될 것입니다. 그 과정에서 아빠의 재치와 지혜를 적절히 섞어 한글 체조, 한글 메모리 게임 등으로 서서히 변형, 발전시켜 보십시오. 그러면 아이들의 언어 능력이 자연스럽게 향상됨은 물론 아빠와 깊고 긍정적인 래포 형성은 보너스로 생길 테니 말입니다.

아빠 육아는 손웅정처럼
(부딪쳐 보고! 깨져 보고!)

손흥민 선수가 연일 화제입니다. 영혼의 단짝 해리 케인 선수의 이적, 새로 선임된 포스테코글루 감독의 전술 변화로 인한 경기력에 대한 물음표를 해트트릭이라는 해답으로 잠재워 버렸습니다. 그것도 늘 도맡아 하던 측면 미드필더가 아닌 최전방 스트라이커의 역할을 하면서 이루어 낸 쾌거라 더 빛났죠. 그와 동시에 통산 프리미어리그 득점 순위도 크리스티아누 호날두와 디디에 드로그바의 그것을 제쳤다고 합니다. 나름 해외 축구에 빠져 있던 07~08시즌, 전 세계 축구 팬들을 흥분하게 했던 호날두와 드로그바, 이른바 '신계'의 선수들을 제치다니 실로 대단한 일이 아닐 수 없습니다.

한마디로 신화를 계속 써 내려가고 있는 리빙 레전드(Living legend)라고 해도 과언이 아니라고 봅니다.

이러한 손흥민의 활약과 더불어 꾸준히 거론되고 있는 것이 바로 아버지 손웅정의 축구 철학입니다. 지금도 이른바 '밈(Meme)'으로 꾸준히 활용될 정도로 손웅정의 명언은 그야말로 '센세이션'을 일으켰습니다. 축구에 대한 열정과 기본기를 강조하는 태도는 많은 축구 꿈나무에게 소중한 자양분이 되었을 겁니다. 똑같이 아들을 키우는 아버지의 입장으로 비추어 봤을 때 배울 점이 많다고도 느꼈고요. 그중에서도 가장 심금을 울렸던 멘트는 바로 이것입니다.

"부딪쳐 보고! 깨져 보고!"

자식들에게 해 주고 싶은 것도 많고 가르쳐 주고 싶은 것도 많지만 도대체 어떤 상황에 그것들을 적재적소에 제공해야 할지 모를 때가 있었습니다. 특히 생후 1개월~12개월 사이가 올바른 육아에 대한 물음표가 가장 많은 시기였던 것 같습니다.

어떻게 하면 통잠을 재울 수 있을까?

기저귀와 분유를 바꾸는 텀은 언제일까?

어떻게 하면 젖꼭지에 대한 애착을 덜어줄 수 있을까?

늘 안아 달라고 보채는 아이를 어떻게 하면 달랠 수 있을까?

발달단계에 알맞은 장난감은 무엇이며

과연 그것이 꼭 필요할까?

자기 주도 이유식이 내가 하는 방법이 과연 맞을까?

34개월, 18개월 아들딸을 하루도 빠지지 않고 꾸준히 육아하며 매일매일 나름의 방법으로 길러낸 지금. 첫째가 돌이 되기 전까지 갖고 있던 무수한 물음표를 해결하는 방법은 결국 '경험'이었습니다. 공부에도 왕도가 없듯 육아도 마찬가지이죠. 결국 내 자식이 요구하는 것은 늘 함께하는 부모가 제일 빨리 압니다. 또 반드시 그래야만 하고요. 처음부터 무엇이든 잘하는 사람이 없듯이 육아라는 것도 결국엔 부딪치고 깨져 보면서 배우는 것이었습니다. 그 과정을 겪어 봐야 얻는 지혜가 있고 그러한 지혜를 효과적으로 응용하기 위한 인내도 생기거든요.

'어떡하지?'라는 단어를 반복하는 행위는
결국 어떻게든 잘되기 위한 첫 발돋움이었다.

대부분의 아빠들이 아들에게 바라는 것은 바로 '친구 같은 아빠'가 되는 것입니다. 마냥 친구처럼 친하게 지내는 아빠가 아니라 아들에게 인생의 조력자로서 힘들 때 도와주고 기쁜 일은 함께하는 그런 것들 말입니다. 하지만 그런 바람직한 아빠 상이 되기까지의 과정은 절대 쉽지 않다는 것을 육아하면서 느꼈습니다. 결론적으로 그러한 바람들이 오롯이 실현되기 위해서는 꾸준한 아빠 육아가 필요하다는 것이죠. 잠 못 자는 아들이 밤새 울 때 한 번이라도 더 안아 주고, 감기에 걸려 24시간 내내 투정 부리는 아들에게 유모차 산책을 다녀오는 등의 노력 말입니다. '원더 윅스'마다 일어나는 아이의 신체 변화에 대한 짜증과 보챔을 있는 그대로 수용하고 견뎌 내 보십시오. 그러면 어느새 자연스럽게 '라포'라는 선물을 받게 될 겁니다.

　손웅정 감독의 명언 중 '인무원려 난성대업'이란 말을 듣고 크게 공감한 적이 있습니다. 멀리 앞을 보지 못하면 큰일을 이루기 어렵다는 것입니다. 사실 육아가 버겁고 고되므로 멀리 앞을 봐야 할 것은 알면서도 그것을 꾸준하게 지키기가 힘들다는 것을 너무나도 잘 압니다. 그래도 지속해서 순간순간 닥쳐오는 어려움을 조금씩 이겨 내면 우리 아들, 딸이 좀 더 행복해지지 않을까요? 실은 오늘 딸 등원할 때 양갈래로 머리 묶는 것을 처음 해 보았습니다. 생전 해 본 적이 없는 일이라 원하는 모양이 나오지 않았지만, 머리 묶은 것을 본 담임선생님께서 칭찬을 해 주셨습니다. 그렇게 나는 오늘도 부딪쳐 보고 깨져 보면서 육아에 대해 좀 더 배워 볼 생각입니다. 난성대업을 이루기 위해서.

킥보드, 자전거 등의 탈 것은
아빠가 가르쳐 주세요

아이들이 자라날수록 탈 것에 대한 관심이 많아지기 시작합니다. 가장 기본적이면서 모든 부모님이 그토록 우리 아이에게 바라는 이동 방법은 바로 '걸음마'입니다. 발달 특성상 개인별로 차이가 있겠지만 빠르면 생후 11개월부터 걷기 시작하는 아이들도 있고 그렇지 않은 아이들은 16개월 이후에 걸음마를 시작합니다. 걸음이 다소 느린 아이 일지라도 걸음마를 떼는 순간 몇 주가 채 지나지 않아 뜀박질을 동시에 시작합니다. 소위 '애바애(애 by 애)'라는 말처럼 아이마다 조금 늦게 걷더라도 조바심 갖지 마시고 꾸준히 실내, 외에서 걸음마를 연습시켜 주십시오. 결국 우리 아이들은 누구나 잘 걷고 잘 뜁니다. 그리고 우리 아버지들께서는 부지런히 '걸음마 보조기' 등을 활용하여 우리 아이들이 자연스럽게 걸음마 메커니즘을 터득할 수 있도록 도와주십시오. 아빠가 옆에서 함께 응원하고 격려하며 보조해 줄수록 아이들의 걷는 능력은 급격히 향상됩니다.

걸음마를 습득하고 나서 많이 걷고 뛰다 보면 어느새 우리 아이들은 18~24개월 차를 맞이합니다. 이때쯤 되면 아이들도 이것을 자연스레 타고 싶어 하고 부모님들 버킷 리스트에 이것이 등장합니다. 네, 바로 '킥보드'입니다. 처음에는 아이들이 킥보드를 어떻게 타는지 익숙지 않아 걸음마 보조기처럼 두 손으로 잡고 끌고 다닐 것입니다. 전후방에 대한 감각이 아직 발달하지 않은 아이들은 때론 킥보드를 거꾸로 밀기도 하고, 전동 킥보드처럼 두 발을 올린 채 망부서이 되기도 하죠. 통과의례입니다. 우리 아버지들께서 우리 아이가 편한 발이 어딘지 찾아 스스로 발판에 발을 올리도록 도와주십시오. 집 앞 주변 도로도 좋고, 운동장도 좋습니다. 평탄하고 널찍한 길에서 아이들이 킥보드를 연구할 수 있도록 많은 기회를 부여한다면 킥보드는 남녀 아이들 모두에게 최고의 놀잇감이 될 것입니다. 평형감각을 기르고 눈과 손, 발의 협응력을 동시에 키울 수 있으니, 운동기구로도 손색이 없습니다.

그렇게 두 돌이 지나 세 돌까지 꾸준히 킥보드를 타다 보면 자연스럽게 자전거로 넘어가게 됩니다. 자전거부터는 이제 개인차가 확연히 두드러집니다. 보조 바퀴가 꾸준하게 필요한 아이도 있고, 자전거를 접한 지 얼마 채 되지 않아 두발자전거로 실력이 급상승하는 아이들도 있습니다. 우리 아버지들 이맘때쯤이면 한 번씩 상상하실 겁니다. 우리 아이들과 함께 동네 주변이나 휴일에 근교로 라이딩하는 모습을 말이죠. 그러한 꿈을 이루는 데 필요한 건 우리 아버지들의 응원과 격려, 큰 노력과 많은 시간의 투자입니다.

저의 아들, 딸은 오늘도 아빠와 많은 시간을 통해 배웠던 자전거와 킥보드를 타면서 재미있는 시간을 보냅니다. 늘 재미있게 타고 즐기는 것은 아니지만 아이들은 언제든지 본인들이 원할 때 자유로이 자전거와 킥보드를 굴릴 수 있습니다. '다 때가 있기 마련이다.'라는 생각을 갖고 천천히 한 걸음, 한 바퀴씩 연습하다 보니 갖게 된 여유랄까요. 힘드시겠지만 우리 아버지들 여유와 인내를 갖고 오늘도 즐거운 마음으로 아이들과 킥보드 연습, 자전거 연습 함께 해 보시길 추천해 드립니다.

P.S. 허리 건강 특히 조심하시고요. 연습시킬 때 허리에 무리가 많이 갑니다.

슬기로운 아빠 외식 생활
(feat. 아빠는 서서 잘 먹어)

육아하는 사람에게 외식은 일종의 과업이자 도전입니다. 집에서 먹일 때보다 훨씬 더 많은 에너지가 소모되기 때문입니다. 우리 부모님들 각종 가족 모임, 생일 모임 등의 정기적인 가족 행사부터 회갑연, 고희연, 결혼식 등의 행사까지 참석하는 일이 많으실 겁니다. 자식이 생기기 전까지는 그러한 행사가 별생각 없이 지나갈 수 있습니다. 그저 배우자랑 근사하게 차려입고 맛있게 음식을 먹은 뒤 돌아서면 그만이죠. 하지만 부모로서의 외식은 그야말로 '넘사벽'입니다. 무엇보다 챙겨야 할 준비물이 너무나도 많습니다. 특히 아이가 영유아라면 그 부담감은 몇 배가 되죠. 턱받이, 물통, 유아용

식기, 물티슈 등 밥 한번 먹는데 가져가야 할 물건들이 산더미입니다.

이렇게 철저하게 세팅해도 아이들이 먹지 않는 메뉴이면 곤란합니다. 그래서 저희 부부가 자주 아이들을 데리고 방문하는 곳은 한정식집이었습니다. 일단 고깃집처럼 불을 쓰는 일이 없어 위험 요소가 적습니다. 그리고 나물이나 샐러드, 생선 요리가 나오기 때문에 아이들에게 되도록 균형 잡힌 식사를 시도하기 용이합니다. 그리고 깔끔하고 고급스러운 분위기를 아이들이 좋아하기에 방문하는 데까지는 문제가 없습니다. 그런데 그것도 우리 고객님… 아니, 아이들의 그날의 텐션에 따라 달라지더군요. 어제 먹던 무나물을 오늘 먹으리란 보장이 없고 늘 잘 먹던 깍두기가 너무 커서 먹기 싫다는 경우도 생기니까요. 그럴 땐 그저 다 포기하고 우선 잘 먹는 것 위주로 제공합니다. 다른 음식 먹기 연습은 집에서도 충분하니까요.

자, 그러면 이제 음식을 먹일 차례입니다. 아기 의자가 준비되어 있으니 앉힌 후에 조심스레 밥과 반찬을 먹입니다. 그러나 이는 불과 5분이 채 못 갈 때가 많습니다. 부모님들 종종 겪어 보셔서 다 아시죠? 아이들이 아기 의자에 앉아 있기 싫어한다는 것을. 16개월인 둘째는 벌써 나를 안으라고 계속 손짓을 건넵니다. 일단 내 무르팍에 앉혀 놓고 밥을 같이 먹습니다. 불과 1년 전 첫째도 똑같이 내가 식사하던 패턴입니다. 밥과 반찬의 향연으로 옷이 여러 가지 색으로 물이 들기 시작합니다. 그래도 음식을 먹을 수만 있을 때 얼른 때려 넣어야 아니 먹어 둬야 합니다. 유효 시간이 얼마 안 되기 때문입니다.

10분 남짓 지나면 무르팍에서 온몸을 비트는 아기의 모습을 볼 수 있습니다. 저는 아직 반도 안 먹었는데 자기는 이런 상태로 음식을 먹을 수 없음을 온몸으로 표현합니다. 그러면 결국 최후의 방법은 서서 먹는 것입니다. 처음에는 아기를 안고 서서 음식 먹는 것이 괜히 유난 부리는 것 같아 신체적 어려움보다 심리적 어려움을 더 겪었습니다. 그러나 자주 서서 먹다 보니 요령이 생겼고 이제는 밥 한 그릇 뚝딱 서서 먹을 수 있습니다. 2년 전에는 첫째를, 1년 전부터는 둘째를 그렇게 팔꿈치에 견착시키고 서서 식사하다 보니 어느새 서서 먹기의 달인이 된 것이죠.

얼마 전부터는 소위 '가든'이라고 불리는 고깃집에서 돼지갈비를 먹는 것을 시도하고 있고 아이들의 반응도 꽤 좋아 자주 이용할 생각입니다. 36개월이 다 되어 가는 첫째는 이제 드디어 일반 의자에 앉아 개인 접시와 식기를 갖고 혼자 식사가 가능합니다. 16개월인 둘째는 아직도 내가 품에 끼우고 식사하는 편인데, 그래도 전에 비해서 서서 먹는 빈도가 조금 줄었습니다. 계절이 몇 번 더 바뀌면 내 몸이 좀 더 홀가분해질 것 같은 느낌입니다.

우리 아비님들에게 양보하겠습니다. 오늘도 반낮으로 일하랴 육아하랴 힘드시겠지만, 아이들 데리고 근사한 곳 가서 맛있는 음식 드시면서 힐링하시고 오십시오.

전지적 아빠 육아 시점

가끔 아빠는
모르는 체하는 게 약입니다

요즘 첫째가 부쩍 청개구리 놀이에 빠졌습니다. 노래 가사를 듣거나 이야기 속 등장인물이 하는 말을 열심히 따라 하다가 배시시 웃더니 '안'이란 부정어를 은근슬쩍 집어넣곤 하죠. 그러면서 엄마와 아빠의 반응을 살핍니다. 우리 부부는 활짝 웃으면서 '안'이라는 단어를 그런 식으로 사용하면 안된다고 알려줍니다. 어디서 부정이 '안'을 쓰는 것을 배워 왔을까. 우리 부부가 자주 쓰는 표현도 아닌데. 추측건대 어린이집에서 형이나 누나들이 저런 식으로 청개구리처럼 '안'이라는 단어를 자주 붙여서 사용하는 모양이었습니다. 교사로서 어린이집 선생님들께 심심한 사과의 말씀을 전하고 싶은 부끄러운 순간이더라고요.

실은 아들은 말뿐만 아니라 요즘 부쩍 하기 싫은 것이 늘어난 상황입니다. 우리 아들과 와이프는 매일매일 최소 3번은 1:1로 기 싸움을 합니다. 밥 먹기 전에, 씻기 전에, 그리고 밤에 잠들기 전. 아빠로서 옆에서 관찰자가 되거나 와이프의 조력자가 되긴 하지만, 둘째를 케어하기 바쁘다 보니 와이프처럼 인내심을 갖고 상황을 지켜보지 못하는 편입니다. 그래서 매일 눈치껏 상황이 얼른 종료되기를 바라며 아예 안 보이고 안 들리는 것처럼 행동합니다.

저는 조금이라도 첫째가 내 뜻대로 행동하지 않으면 바로 잡으려고 피드백을 즉각적으로 하는 편인데 와이프는 언성한 번 높이는 법이 없습니다. 끝까지 한결같은 톤과 메시지로 첫째를 설득해서 자기 뜻대로 움직이게 만듭니다. 그런 점에서 나는 와이프에 비해 육아 스킬이 많이 모자란 편입니다. 그런 저에게도 한 가지 인내심을 갖고 기다릴 수 있는 것이 바로 아들의 부정어 쓰기를 마음껏 받아들이는 것입니다.

그냥 언어가 발달하고 있는 지극히 당연한 과정으로 너그러이 이해해 주는 것이죠.

혹시 모든 말에 '안'을 붙이는지 실험해 보려고 부정적인 표현을 은근슬쩍 제시해 보았습니다.

"지우야, 우리 지우 안 못생겼지?"

그러면 아들은 또 배시시 웃으며 이렇게 말합니다.

"흐흐흐, 못생긴 거 같은데."

그럼 나는 와이프 옆에서 듣고 이렇게 말합니다.

"여보, 우리 아들 나 닮아서 문과 출신이야. 나중에 말로 흥하거나 말로 탈 많게 살 수도 있겠어. 흐흐흐."

청개구리 놀이도 다 한때겠거니, 안 할래라고 떼쓰는 것도 모두 다 일련의 성장 과정이라고 믿고 기다리는 연습을 차근차근해 나가야겠습니다. '아이들이 당신 말을 듣지 않는 것을 걱정하지 말고 그 아이들이 항상 당신을 보고 있음을 걱정하라.'는 로버트 풀검의 말처럼 말입니다. 부모로서 아이에게 등불이자 거울의 역할을 언제 어디서든 수행하고 있음을 인지하는 것이 제일 중요할 테니 말입니다. 휴우, 난 직장에서도 아이들의 등불, 집에서도 아들, 딸의 본보기니 긴장 늦추지 말고 살라는 이야기구나.

"그래서 아들은 엄마, 아빠 사랑해?"

"응!"

꿀팁9

집 안 청소, 세차 등은 아빠랑
아이가 함께하세요

일주일을 보내고 맞이하는 주말 오전, 분명 어제 자기 전에 아가들이 놀고 놔둔 장난감을 정리했는데 눈 뜨자마자 다시 리셋입니다. 날이 덥다 보니 빨랫감도, 건조해서 개어 두어야 할 수건과 옷가지들도 매일 한 짐입니다. 오늘은 어린이집을 안 가니까 아침을 해서 먹여야 하는데 언제부터인지 요태기가 세게 와서 우선 과일과 우유, 빵으로 허기를 달래봅니다. 그렇게 냉장고로 가서 문을 여는 순간, 사건 현장이라도 된 듯 문짝에 수도 없이 많이 찍혀 있는 지문들이 거슬리기 시작합니다.

차라리 아예 눈에 안 보였으면 상관이 없는데, 한 번 눈에 들어온 이상 집안 곳곳에 숨어 있는 아이들의 흔적들이 몹시 신경 쓰입니다. 우선 아이들이 아침을 먹고 있을 때 치울 곳을 2~3군데 정해 두고 잽싸게 청소하기로 합니다. 그리하여 정한 곳은 부엌 옆 발코니, 안방, 화장실입니다. 부엌 옆 발코니는 분리수거 통도 함께 자리 잡고 있어 기왕 하는 김에 분리수거도 같이 하기로 합니다. 그렇게 주방 세정제와 물티슈, 행주를 들고 청소를 시작합니다.

그렇게 얼추 발코니의 묵은 때를 정리하고 화장실에 미리 화장실 전용 세정제를 바릅니다. 줄눈 사이사이에 배어 있는 때가 세정제와 미리 조우하여 잘 씻겨 내려가게 하기 위함입니다. 그사이 안방에 널브러져 있는 아이들이 놀고 난 장난감을 치우고 이부자리를 정리하고요. 머릿속으로 퇴임한 장성이 "성공하고 싶다면 매일 아침 이부자리를 정리하세요."라고 뱉은 멘트와 미 과학자들이 발표한 '이부자리 정리 안 할수록 집먼지진드기 출현 줄어들어'라는 타이틀이 머릿속에서 춤을 춥니다. 그래도 천성이 너저분한 것을 잘 못 보는 타입이라 애국심을 발휘하여 안방 청소를 마무리합니다.

　이때 슬그머니 아들, 딸이 아빠가 청소하는 곳으로 와서 관심을 보입니다. 호재입니다. 우리 아버지들 이럴 때 아이들에게 빗자루나 청소포 밀대를 쥐여줘 보십시오. 효과는 두 가지입니다. 첫째, 아이들이 청소가 무엇인지 인지합니다. 물론 아이들이 청소를 완벽하게 할 수는 없습니다. 하지만 청소 도구를 쥐어 드는 순간 무엇이든지 쓸고 닦아 청소하려는 의지를 보이기 시작합니다. 그리고 청소에 집중할 동안 아이들이 어질러 놓은 것을 잽싸게 치울 시간을 벌 수 있습니다. 둘째, 청소했을 때와 안 했을 때의 차이를 아이들에게 알려 줄 수 있습니다. 아이들도 어린이집에서 교육받았기 때문에 청소를 꾸준히 하면 집안이 깨끗해지고 기분이 좋다는 사실을 스스로 깨닫습니다.

　또한 우리 아버지들은 주말이나 공휴일에 종종 시간을 내어 아이들과 함께 세차하는 시간을 가져 보시는 것도 좋습니다. 차를 타고 놀이동산이나 동물원, 수영장들 많이 다니시지 않습니까. 우리 아이들에게 즐거운 추억을 선사하는 차를 함께 깨끗이 청소하면 차도 기분이 좋아지고 우리의 마음도 즐거워집니다. 그것을 함께 체득하기 위해 좀 번거로우시겠지만, 아이들에게 세차의 경험을 제공해 주십시오. 아이들 세차 엄청나게 재미있어합니다. 그리고 나도 아빠를 도울 수 있다는 자신감도 함께 심어줄 수 있습니다. 한번 해 보시길 권장합니다.

P.S. 여벌 옷과 수건, 신발은 필수입니다. 든든하게 챙겨 가십시오.

그럼에도 결국
내가 제일 사랑하는 사람은
와이프입니다

첫째와 둘째 모두 어린이집을 다니게 되면 가능한 일이 하나 있습니다. 운이 좋게 타이밍을 잘 맞추면 즐길 수 있는 와이프와의 오전 반나절 데이트가 바로 그것이죠. 우리 아버지들 그날만큼은 개인적인 약속 잡지 마시고 하루 종일 육아로 고생하는 우리 와이프와 함께 둘만의 시간을 보내 보십시오. 거창한 계획 없이 흘러가는 대로 시간을 보내는 것을 만끽하는 것만으로도 힐링이 되곤 합니다. 저는 와이프와 연애할 때도 약속 시간과 장소만 정해 놓고 발길 닿는 대로 걷고 이정표만 보고 드라이브하고 그랬습니다. 배가 고프거나 커피를 마시고 싶으면 그때그때 검색해서 당기는 곳으로 가서 즐겠죠. 카페에서 글도 쓰고 넷플릭스도 보면서 말입니다.

　좀 더 다이나믹하게 오전 데이트를 즐기고 싶으시다면 핫플레이스를 위주로 다녀오시는 것도 좋습니다. 우선 인근 쇼핑몰에 새로 생긴 빵집을 방문하여 시그니처 세트를 음미하는 것도 괜찮은 방법이죠. 또는 애들 데리고 가서 편하게 먹기 힘든 음식을 여유 있게 즐기는 방법도 있습니다. 저희 부부는 무엇이든 잘 먹는 잡식동물이지만 숯불갈비를 유난히 좋아합니다. 아가들을 데리고도 몇 번 방문하긴 했었지만 연신 먹이고 닦고 하느라 온전하게 고기 맛을 제대로 즐긴 적이 없었지요. 그래서 무리해서라도 오늘 같은 날, 숯불갈비 정식을 여유롭고 우아하게 먹어 보자는 다짐을 실천에 옮긴 적이 있습니다.

　꽤 이른 시간에 방문했음에도 사람들, 특히 어르신들이 매우 많았습니다. 어르신들은 하나같이 정갈한 머리와 단정한 옷매무새를 하고 음식점을 방문하셨습니다. 우리 부부도 은퇴 후에 단정하게 입고 이런 음식점을 자주 방문하리라는 말

을 나누고 있는 찰나에 고기가 나옵니다. 정갈하고 오색 빛
깔 조화를 갖춘 밑반찬과 담긴 양에 비해 하염없이 큰 접시
들이 오늘따라 더욱 빛나고 아름답게 보입니다. 그리고 무엇
보다 제일 감사한 것은 바로….

고기를 먹기 좋게 구워서

눈앞에 썰어 주신다는 것.

·

지금, 이 순간만큼은 와이프와 나 둘만이 고기를 온전히
즐길 수 있어 정말 행복합니다. 안 먹어를 입에 달고 사는 아
들을 어르고 달랠 필요도 없었고 아기 의자에서 연신 트위스
트를 추다 기분 나쁘면 밥상을 엎어 버리는 딸 눈치를 볼 일
도 없었죠. 돈을 내고 음식을 먹는 행위 자체가 이렇게 고즈
넉한 일이었다니, 새삼 육아의 시비로움에 감탄하고 있을…
새가 전혀 없었습니다. 그렇습니다. 등원 시간이 존재한다는
것은 하원 시간이 존재한다는 것이죠. 맛있는 음식을 정말
맛있게 먹을 수 있음에 감복하며 오롯이 식사에 집중합니다.

"아, 이제 힘내서 육아할 수 있을 것 같아. 다음에 애들도 꼭 데리고 오자."

"애들 얘기 지금은 하지 말자고 하지 않았어?"

"아이, 그럼 아이 아빠가 아이 얘기 안 하고 어떻게 살아? 이제 애들 하원시키러 가자."

꿈만 같던 반나절의 행복은 그렇게 지나갔습니다. 그러나 전혀 아쉽지 않았고 오히려 애들 생각이 더 간절해졌습니다. 어떠한 방법을 쓰더라도 애들 모습이 눈에 밟히는 현실은 오히려 나를 더 살아 있게 합니다. 우리 아버지들, 육아하시느라 힘들고 고단하시지만 육퇴 후 항상 와이프랑 이런저런 이야기 주고받으시면서 하루를 마무리하시죠? 별거 아닌 일인 것 같지만 그런 별거 아닌 일이 쌓여 일상이 되고 추억이 되는 것 같습니다. 그리고 그 중심에는 우리 사랑하는 와이프가 있고요.

오늘도 사랑하는 와이프 옆에서 열심히 일하고 육아하시는 대한민국의 아버지들, 존경합니다.